Klarant Verlag

Die gebürtige Ostfriesin **Sina Jorritsma** aus der Krummhörn studierte in Hamburg Germanistik und Philosophie, bevor sie wieder in ihre Heimat zurückkehrte. Sie veröffentlicht unter Pseudonym, weil sie ihre Umgebung genau beobachtet und Ereignisse aus ihrem Leben in ihre Geschichten einfließen. Das Romaneschreiben ist ihr kleines Geheimnis, das nur wenige Menschen kennen. Bei einer großen Kanne Ostfriesentee mit Sahne und Kluntjes kann sie halbe Nächte durchschreiben, tagsüber hält sie sich mit Joggen fit. Sina Jorritsma lebt mit ihrer Familie in einem kleinen Ort bei Emden.

Sina Jorritsma

Juister Wein

Ostfrieslandkrimi

Klarant Verlag

Copyright © 2022 Klarant GmbH, 28355 Bremen
Klarant Verlag, www.klarant.de – www.ostfrieslandkrimi.de
ISBN: 978-3-96586-522-8
1. Auflage 2022
Umschlagabbildung: Klarant Verlag

Kapitel 1

Kommissarin Antje Fedder betrat das *Juist Wein Kontor* in der Strandstraße. Die Juister Inselpolizistin wollte einen edlen Tropfen erwerben, um ihn als Gastgeschenk bei einer abendlichen Einladung überreichen zu können. Sie selbst machte sich nicht viel aus dem Rebensaft, sondern trank lieber gelegentlich ein Bier in dem gemütlichen Seemannslokal ihres Vaters. Doch mit ihm hing das geplante Treffen zusammen, dem Antje mit gemischten Gefühlen entgegensah. Tjark Fedder war nämlich seit einiger Zeit mit Silke Meester liiert. Dagegen wäre eigentlich nichts einzuwenden gewesen, doch diese Dame war ausgerechnet die Bürgermeisterin der kleinen Nordseeinsel. In der Vergangenheit hatte sie sich öfter ungefragt in die Polizeiarbeit eingemischt und dadurch Antje und ihrem Kollegen und Freund Roland Witte das Leben schwer gemacht. Es war also verständlich, dass die Kommissarin dem Termin nicht gerade entgegenfieberte. Auch Roland war nicht gerade begeistert von dem gemeinsamen Essen, würde sie aber natürlich begleiten. Bis dahin war allerdings noch viel Zeit.

Momentan hätte sie nichts dagegen gehabt, überhaupt erst einmal bedient zu werden. Außer ihr selbst befand sich niemand im Laden, weder Kunden noch Personal. Das *Juist Wein Kontor* war erst vor einem halben Jahr eröffnet worden. Soweit die Polizistin wusste, hatte sich das Geschäft trotz der gepfefferten Preise bereits etabliert. Es gab auf der Insel genug Touristen, die für einen hochwertigen Wein gern ein paar Euro mehr ausgaben. Der Laden befand sich im Zentrum von Juist, nur einen Steinwurf vom Rathaus entfernt. Hier konnte man mit viel Laufkundschaft rechnen.

»Moin!«, sagte Antje mit erhobener Stimme. Eigentlich war das Bimmeln der Türglocke schon nicht zu überhören gewesen, wie sie fand. Sie ließ ihren Blick durch den schmalen schlauchartigen Raum schweifen. Es gab eine weiß gestrichene Verkaufstheke, die genau wie die Weinregale einen gewissen nostalgischen Touch aufwies. Viele Urlauber liebten es, dass der Lebensrhythmus auf der Insel nicht so hektisch war. Sie kamen nach Juist, weil sie die Landschaft und die unaufgeregte Art der Einwohner schätzten. Dabei handelte es sich sowohl bei dem Inhaber der Weinhandlung als auch bei seiner Ehefrau um Zugezogene, die erst in diesem Jahr ihren Erstwohnsitz nach Juist verlegt hatten. Antje selbst hingegen war ein echtes Inselkind. Außer während ihrer Polizeiausbildung und einem kurzen Einsatz in der Großstadt hatte sie stets ihrem »Töwerland« die Treue gehalten.

Nun kam jemand aus dem Hinterzimmer in den Verkaufsraum geeilt. Antje erkannte Sonja Tiekamp, die Gattin des Ladeninhabers. Die Frau war ungefähr so alt wie sie selbst, also Anfang dreißig. Die Weinhändlerin trug weiße Jeans und eine hellblaue Bluse. Die Kommissarin war ihr gelegentlich auf der Straße begegnet, hatte aber bisher kaum ein Wort mit ihr gewechselt. Da Antje in Uniform war, musste Sonja Tiekamp wissen, wen sie vor sich hatte. Es kam der Polizistin so vor, als ob die Frau bei ihrem Anblick erschrak. Oder war es ihr einfach nur peinlich, eine Kundin nicht sofort empfangen zu haben? Nein, da musste noch mehr dahinterstecken. Durch ihren Beruf hatte Antje gelernt, die Menschen richtig einzuschätzen. Meist täuschte sie sich nicht. Und sie war sicher, dass Sonja Tiekamp Angst hatte. Fürchtete sie sich vor der Polizei? Oder gab es einen anderen Grund für ihre offensichtliche Beklemmung?

»Entschuldigen Sie bitte, ich war am Telefon …«, behauptete die Weinhändlerin.

»Das Telefon steht dort«, erwiderte Antje. Sie zeigte auf das Festnetzgerät. Es befand sich auf dem Verkaufstresen.

»Äh, ja. Ich meinte natürlich das Handy«, stammelte Sonja Tiekamp. Sie kam der Kommissarin wie eine ertappte Lügnerin vor. Antje hatte es als Polizistin oft genug mit Menschen zu tun, die mit der Wahrheit auf Kriegsfuß standen. Die ganze Körpersprache der Weinhändlerin zeigte, dass sie sich äußerst unwohl in ihrer Haut fühlte. Sie konnte Antje nicht in die Augen sehen, ihr Blick irrte scheinbar ziellos durch den Verkaufsraum. Außerdem drehte sie ständig mit ihrer rechten Hand an dem Armreif, den sie am linken Gelenk trug. Die Nervosität stand ihr ins Gesicht geschrieben. Antje runzelte die Stirn, sagte aber noch nichts. Es gab ja Leute, die von Natur aus unruhig waren. Oder – wie man derb sagte – die Hummeln im Hintern hatten. Vielleicht gehörte Sonja Tiekamp zu ihnen. Antje blieb auf jeden Fall wachsam.

»Was ... kann ich denn für Sie tun, Frau Fedder?«, fragte die Ladeninhaberin, wobei sich ihr Mund zu einem verkrampften Lächeln verzog. Es wirkte völlig unglaubwürdig. In ihren Augen erkannte die Kommissarin so etwas wie große Angst, vielleicht sogar Panik. Dass Sonja Tiekamp ihren Namen kannte, wunderte Antje nicht – schließlich konnte man das Namensschild auf ihrer Uniformbluse unmöglich übersehen.

»Ich möchte einen Wein kaufen. – Ist alles in Ordnung mit Ihnen?«

»Ja, es geht mir gut. Ich habe nur etwas Kopfschmerzen«, behauptete die Frau. »An welche Sorte hatten Sie denn gedacht?«

»Ich bin zum Essen eingeladen. Leider weiß ich nicht, ob es Fisch oder Fleisch gibt«, antwortete Antje.

Die Weinhändlerin nickte und trat an eines der Regale heran.

»Nun, dieser weiße Burgunder beispielsweise verfügt über ein duftiges Aroma und eine fein abgestimmte Säure. Er harmoniert sowohl mit Fisch und Meeresfrüchten als auch mit hellem Fleisch …«

Sonja Tiekamp hatte die Weinflasche hervorgezogen, um der Kommissarin das Etikett zu präsentieren. Doch die Flasche entglitt ihren Händen. Wäre Antje nicht so reaktionsschnell gewesen, wäre das Glas zerschellt. Und der edle Tropfen hätte sich auf die weiß gestrichenen Fußbodendielen ergossen. Doch die Polizistin griff blitzartig zu und verhinderte das Missgeschick.

»So, jetzt reicht es mir!«, sagte Antje mit Nachdruck. »Sie stehen völlig neben sich, Ihre Hände zittern. Ich kann es nicht ausstehen, wenn man mich zum Narren halten will. Sagen Sie mir sofort, was los ist!«

Die Kommissarin konnte sehr resolut sein, wenn es notwendig war. Manchmal musste sie sanft mit Engelszungen reden, um von einer Person die Wahrheit zu erfahren. Doch bei Sonja Tiekamp war ihre klare Ansage offenbar das richtige Mittel gewesen. Die Weinhändlerin senkte ihre Stimme: »Mein Mann ist verschwunden.«

»Seit wann?«, fragte Antje, wobei sie unwillkürlich auf die Uhr schaute. Es war elf Uhr vormittags. Sie hatte in ihrer Frühstückspause nur kurz den Wein besorgen wollen. Roland telefonierte momentan mit der Staatsanwaltschaft in Norden, weil es zu einem alten Fall noch Rückfragen gegeben hatte. Er würde bestimmt darüber rätseln, warum sie so lange brauchte, um das Geschenk zu besorgen. Es waren mit dem Fahrrad nur wenige Minuten von der Polizeiwache zu dem Weingeschäft. Als echte Juisterin bewegte die Polizistin sich meistens auf zwei Rädern mit eigener Muskelkraft vorwärts.

»Wir sollten heute Morgen eine Warenlieferung vom Festland bekommen«, berichtete Sonja Tiekamp. »Die Fähre wurde um halb neun erwartet. Bernd wollte das Paket mit einer Wippe abholen und dann den Laden aufschließen.

Wir öffnen um neun Uhr. Ich jogge morgens vor der Arbeit, so auch heute. Als ich um neun erschien, war das Geschäft aufgesperrt, doch mein Mann fehlte.«

Antje nickte. Als Wippen wurden auf Juist die Handkarren bezeichnet, mit denen man kleinere Lasten transportierte. Große und schwere Gegenstände gelangten mit einem Pferdefuhrwerk zu ihrem Zielort, denn außer den wenigen Ärzten und dem Rettungsdienst verfügte niemand auf der autofreien Insel über ein mit Benzin betriebenes Fortbewegungsmittel. Antje hakte nach: »Haben Sie nicht versucht, ihn zu kontaktieren?«

»Doch, Frau Fedder. Aber sein Smartphone lag im Hinterzimmer. Ich habe auch den Festnetzanschluss in unserem Haus angerufen. Aber dort geht niemand ans Telefon. – Ihm ist bestimmt etwas zugestoßen!«

Ihre Augen wurden feucht, sie presste die flache Hand vor ihren Mund und wandte sich ab. Die Schultern begannen zu zucken. Antje nahm sie in den Arm.

»Bitte beruhigen Sie sich, Frau Tiekamp. Wir werden gemeinsam herausfinden, was geschehen ist. Wurden Sie oder Ihr Gatte bedroht? Gab es Ärger, vielleicht mit Kunden oder mit geschäftlichen Rivalen?«

»Nein, wir … sind auf der Insel konkurrenzlos. Wer einen preisgünstigen Wein möchte, findet ihn sowieso in einem der Supermärkte. In unserem Preissegment gibt es keinen anderen Anbieter auf Juist. Wir beliefern auch einige Lokale, aber auch dort verläuft alles harmonisch. Und privat ist ebenfalls alles in Ordnung.«

»Vielleicht macht Ihr Ehemann nur einen Spaziergang«, schlug Antje vor.

Sonja Tiekamp lachte, aber sie klang nicht amüsiert.

»Er schlendert während der Öffnungszeiten durch den Ort und schließt den Laden nicht ab? Das kommt mir sehr unwahrscheinlich vor, Frau Fedder!«

Die Inselpolizistin war von ihrem Einfall selbst nicht überzeugt. Ihr kam noch eine andere Idee: »Oder Ihr Gatte fühlte sich plötzlich unwohl und musste spontan einen Arzt aufsuchen.«

»Das wäre immerhin möglich, obwohl er mir gewiss eine Nachricht hinterlassen oder auf meine Mailbox gesprochen hätte«, gab die Weinhändlerin zurück. Ihre Stimme klang ein wenig hoffnungsvoll, wie Antje fand.

Die Kommissarin machte sofort Nägel mit Köpfen und kontaktierte telefonisch die wenigen Mediziner, die auf Juist praktizierten. Innerhalb von zehn Minuten wusste sie, dass keiner von ihnen aktuell einen Patienten hatte, der Bernd Tiekamp hieß oder auf den die Beschreibung des Weinhändlers passte. Die Inselpolizistin kannte natürlich auch ihn vom Sehen, hatte aber mit Tiekamp bisher genauso wenig Kontakt gehabt wie mit seiner Ehefrau.

»Ich muss eine Vermisstenanzeige erstatten!«, brachte Sonja Tiekamp mit brüchiger Stimme hervor. Antje schüttelte den Kopf.

»So einfach ist das nicht, fürchte ich.«

»Wieso denn nicht? Mein Mann ist doch verschwunden!«

»Ja, allerdings gibt es keinen Hinweis auf eine Straftat. Oder ist Ihr Gatte akut selbstmordgefährdet?«

Die Stimme der Weinhändlerin wurde schrill: »Soll das ein schlechter Scherz sein, Frau Fedder? Natürlich nicht! Wir führen eine glückliche Ehe, unser Geschäft ist sehr erfolgreich und mein Mann ist kerngesund.«

»Ich kann verstehen, dass Sie aufgebracht sind. – Lassen Sie uns zunächst nachschauen, ob wir hier Spuren eines Verbrechens finden.«

Damit war Sonja Tiekamp einverstanden. Sie ging ins Hinterzimmer voraus, das zum Teil auch als Warenlager diente. Die Ladenbesitzerin deutete auf eine Holzkiste:

»Schauen Sie, diese Ware erwarteten wir. Bernd muss sie vorhin vom Fährhafen abgeholt haben.«

»Dann ist er also hierher zurückgekehrt, bevor er fortgegangen ist.«

»Sie meinen wohl: bevor er entführt wurde!«, brachte die Ehefrau hervor, wobei ihr Satz mit einem Schluchzen endete. Antje musste versuchen, sie zu beruhigen.

»Ich habe nicht gesagt, dass die Polizei überhaupt nicht tätig wird«, betonte sie, nachdem sie sowohl im Laden als auch in den hinteren Räumen vergeblich nach verdächtigen Spuren Ausschau gehalten hatte. Die Kommissarin fuhr fort: »Ich schlage vor, dass Sie mir Ihren Hausschlüssel geben. Dann vergewissere ich mich, dass dort alles in Ordnung ist. Wenn meine Suche auch in Ihrem Heim erfolglos bleibt, können wir weiter überlegen.«

»Ich kann mir zwar nicht vorstellen, dass Bernd einfach nach Hause gegangen ist – aber Sie schauen sich besser dort um, als gar nichts zu unternehmen.«

Mit diesen Worten gab Sonja Tiekamp der Kommissarin einen Schlüsselbund. Das Privathaus der Eheleute befand sich in der Billstraße, die sich vom Rosengang aus weit nach Westen bis in den Ortsteil Loog erstreckte.

»Sie bleiben am besten hier«, sagte Antje, während sie der Ehefrau eine ihrer Visitenkarten überreichte. »Falls Sie mich anrufen möchten, können Sie das jederzeit tun. Ich werde jetzt nach dem Rechten schauen und dann wieder zu Ihnen zurückkehren.«

Es erschien der Kommissarin verantwortbar, die Ladenbesitzerin allein zu lassen. Sonja Tiekamp war zwar höchst aufgewühlt, machte aber keinen hilflosen Eindruck. Es sah auch nicht danach aus, dass sie eine Dummheit begehen würde.

»Vielleicht ist ja alles ganz harmlos«, murmelte die Weinhändlerin und fügte hinzu: »Aber ich kann nicht daran glauben.«

»Ich bin bald wieder da«, versicherte Antje und verließ das *Juist Wein Kontor*. Sie fuhr nicht direkt zu dem Haus, sondern steuerte zunächst die Polizeiwache in der Carl-Stegmann-Straße an. Antje wollte Roland von Bernd Tiekamps Verschwinden berichten. Die beiden hatten schon einige knifflige Fälle zusammen gelöst und ergänzten einander perfekt. Der Kommissar blickte auf, als sie das Wachlokal betrat.

»Du kommst mit leeren Händen, Antje? Haben dich die Preise in diesem Edelschuppen zu sehr vom Hocker gehauen?«

Sie musste unwillkürlich lächeln. Antje selbst neigte eher zur Ernsthaftigkeit, doch ihr Freund versetzte sie mit seiner unbeschwerten Art meist in gute Laune. Sie erzählte ihm von der Begegnung mit der Weinhändlerin.

Er hörte sich ihren Bericht an und hakte nach: »Also hat Tiekamp morgens die Kiste vom Fährhafen geholt?«

»Ja, genau.«

»Und wo ist die Wippe geblieben? Oder stand sie vor dem Laden?«

Antje ärgerte sich, weil sie dieses wichtige Detail übersehen hatte. Natürlich war es möglich, dass der Weinhändler nach erfolgreichem Transport der Kiste den leeren Handkarren zum Hafen zurückgebracht hatte. Doch aus welchem Grund hätte er das tun sollen? Die Kommissarin sagte: »Du hast recht, das ergibt keinen Sinn. Es wäre nachvollziehbar gewesen, wenn Tiekamp auf die Ankunft seiner Frau gewartet hätte. Dann konnte er die Wippe wieder zum Karrenparkplatz bringen, ohne den Laden für die Zeit abschließen zu müssen. Das Geschäft war aber offen, als Sonja Tiekamp eintraf.«

»Das behauptet *sie*, Antje. Glaubst du ihr?«

Die Polizistin zögerte mit der Antwort. Sie erinnerte sich an die Begegnung mit der Ladenbesitzerin. Vielleicht hatte die Ehefrau sich beim Anblick der Uniform erschrocken, hundertprozentig auszuschließen war das nicht. Doch andererseits schien der Schock angesichts des Verschwindens von Bernd Tiekamp echt zu sein.

»Ich weiß nicht, was ich von ihr halten soll«, gestand Antje. »Lass uns zum Haus des Ehepaars fahren. Wir benötigen mehr Fakten, um die Lage einschätzen zu können.«

Kapitel 2

Das Wohnhaus der Tiekamps befand sich im vorderen Bereich der Billstraße. Viele Menschen hätten das Ehepaar um diese Aussicht beneidet. Die Vorderfront des modernen roten Backsteingebäudes war zu den Salzwiesen hin ausgerichtet, hinter denen die Nordsee brandete. Die ständige Geräuschkulisse aus Wind und Wellenrauschen fiel Antje gar nicht auf, weil sie es gewohnt war. Doch Roland hatte ihr erzählt, dass er sich in seinen ersten Monaten auf der Insel erst mit diesem »Meeressound« anfreunden musste.

Die Bauweise des Tiekamp-Hauses ähnelte jener der schlichten alten Friesenhäuser, die seit vielen Jahren von einer Insulaner-Generation an die nächste vererbt wurden. Doch der Neubau verfügte über große schallisolierte Fenster sowie einen Freisitz mit hölzernen Dielenbrettern. Man konnte das Gebäude nicht nur durch den seitlichen Haupteingang, sondern auch durch die Terrassentür betreten.

Nachdem die Kommissare ihre Räder geparkt hatten, schloss Antje die Tür auf.

»Herr Tiekamp, hier ist die Polizei! Sind Sie daheim?«, rief sie. Es kam keine Antwort. Der schmale Flur führte zu einem großen Wohnsalon mit Kamin und großen Panoramafenstern Richtung Nordsee. Roland pfiff durch die Zähne, als er die modernen Designermöbel betrachtete.

»Der Weinhandel scheint sich zu lohnen«, vermutete er. Seine Kollegin nickte. An der hinteren Schmalseite fügte sich eine offene Küche mit chromblitzenden Geräten an den Raum. Es gab keine Spuren eines Kampfs, wie Antje sofort feststellte. Auch Unordnung suchte man vergeblich. Niemand hatte Schubladen herausgerissen oder Sofakissen auf den Boden befördert. Und doch fühlte die Polizistin eine gewisse Beklemmung, die sie nicht genauer beschreiben konnte. Sie war eigentlich ein nüchtern und geradeaus denkender Mensch, doch manchmal hatte ihr Bauchgefühl ihr schon bei der Lösung eines kriminalistischen Rätsels geholfen.

»Hier stimmt etwas nicht, Roland«, meinte Antje, während sie sich in der Küche umschaute. Der Messerblock war komplett, der Kühlschrank gefüllt. Es gab keine Blutflecken, weder auf den Terrakottafliesen noch auf dem hellen Webteppich. Ihr Kollege kniete sich vor die Feuerstelle und stocherte mit dem Schürhaken in der Asche.

»Schau mal!«, sagte er. Sie kam zu ihm herüber. Er hatte einige halb verbrannte Papierfetzen gefunden. »Das ist eine Art Liste, die Schrift ist kyrillisch«, stellte der dunkelhaarige Kommissar fest. »Ob es etwas zu bedeuten hat, dass sie vernichtet werden sollte?«

»Nimm die Reste sicherheitshalber mit, wegwerfen können wir sie immer noch.«

»Genau das hatte ich vor.« Mit diesen Worten tat er die Fragmente vorsichtig in einen Beutel für Beweisstücke. Noch stand nicht fest, ob hier überhaupt ein Verbrechen stattgefunden hatte. Antje war jedenfalls froh darüber, dass Roland und sie wieder einmal an einem Strang zogen. Da es keine konkreten Hinweise auf eine Straftat gab, hätten die beiden sich ebenso gut auch in Untätigkeit üben können.

»Ich gehe mal nach oben.« Antje erklomm die hölzernen Treppenstufen. Im Schlafzimmer waren die Betten gemacht, im Bad roch es noch nach Duschgel, außerdem waren die Fliesen in der Duschkabine noch etwas feucht. Die Polizistin berührte den Rasierpinsel mit den Fingerspitzen. Er war trocken. Sie runzelte die Stirn. Jemand hatte sich hier vor wenigen Stunden abgebraust, dies konnte natürlich auch Sonja Tiekamp gewesen sein. Aber würde Bernd Tiekamp seinen Laden aufgeschlossen haben, ohne sich zuvor die Stoppeln vom Kinn zu entfernen? Sie kannte den Weinhändler vom Sehen und wusste, dass er glattrasiert war. Antje kehrte ins Erdgeschoss zurück und erzählte Roland von ihrer Beobachtung.

»Die Rolle der Ehefrau kommt mir immer verdächtiger vor«, meinte der Kommissar. »Erst fehlt der Handkarren vor der Weinhandlung, dann hat sich Bernd Tiekamp morgens offenbar nicht rasiert – das ist höchst unglaubwürdig. Dieser Mann wirkt stets wie aus dem Ei gepellt – gebügeltes Hemd, Krawatte, Einstecktuch. Kannst du dir vorstellen, wie er in unrasiertem Zustand Kunden empfängt? Ich nicht. Und für diese verbrannten Listen aus dem Kamin hätte ich auch gern eine plausible Erklärung.«

Antje erwiderte nicht sofort etwas. Sie schwieg so lange, bis Roland hinzufügte: »Woran denkst du gerade?«

»Ich frage mich, ob Bernd Tiekamp überhaupt noch lebt.«

Der Kommissar stieß langsam die Luft aus den Lungen. Er murmelte: »Diese Überlegung ist berechtigt.«

»Ja, aber wir haben noch keinen handfesten Hinweis auf eine Straftat. Alle Verdachtsmomente, die es bisher gibt, würde ein guter Strafverteidiger in der Luft zerreißen. Außerdem: Wir können Sonja Tiekamp nicht vorwerfen, dass wir ihr einen Mord zutrauen.«

»Warum nicht, Antje? Weil sie dir gegenüber die besorgte Gattin gespielt hat? Das kann reine Taktik gewesen sein. Es war für sie wie ein Geschenk des Himmels, dass du ausgerechnet heute bei ihr Wein kaufen wolltest. Andernfalls wäre sie wahrscheinlich im Lauf des Tages auf der Wache erschienen, um ihren Mann als vermisst zu melden.«

»In dem letzten Punkt gebe ich dir recht, Roland. – Wenn wir unseren Verdacht ihr gegenüber aussprechen, kann sie mögliche Spuren in aller Ruhe verwischen. Ganz abgesehen davon, dass wir noch keine Leiche haben. Am besten ist es, wenn sie uns für dumme Provinzpolizisten hält, die von ihr ausgetrickst wurden. Wir behandeln ihr gegenüber die Sache als normalen Vermisstenfall und finden diskret heraus, was mit Bernd Tiekamp wirklich geschehen ist. Vielleicht lebt er ja, und es ist alles ganz harmlos.«

»Das glaube ich zwar nicht, aber wir sollten wirklich so vorgehen«, stimmte der Kommissar zu. »Wie wäre es, wenn wir mit den Karrenmännern sprechen? Entweder Tiekamp oder eine andere Person muss ja die Kiste mit einer Wippe vom Hafen zum Laden transportiert haben. Vielleicht ist einem der anderen Spediteure etwas aufgefallen.«

Das war ein guter Vorschlag, wie Antje fand. Es gab eine Handvoll Einheimischer, die gegen ein kleines Entgelt für Touristen Lasten transportierten. Besonders betagte oder gebrechliche Urlauber wussten es zu schätzen, wenn jemand ihr Gepäck zu ihrer Unterkunft schaffte.

Die Inselpolizisten fuhren zum Fährhafen, wo sich der Wippenparkplatz links vom Terminal befand. Da aktuell kein Schiff aus Richtung Norddeich erwartet wurde, war nicht viel los. Nur einige Touristen hatten es sich auf den Ruhebänken am Rand der Kaimauer bequem gemacht und genossen den Ausblick auf die graublauen Wogen der Nordsee, sogen die salzige Luft in ihre Lungen und lauschten dem Kreischen der Möwen.

»Die Karrenschieber suchen wir hier wohl vergeblich«, maulte Roland. »Das hatte ich mir einfacher vorgestellt.«

»Sei nicht so ungeduldig, mein Lieber. Wenn jemand mit einer Wippe Gepäck bis in die hintersten Ecken unserer Insel bringt, dauert das seine Zeit. Aber früher oder später kommen die alten Knaben zurück, um wieder für die Nachmittagsfähre bereitzustehen. – Hier, schau mal!«

Während sie sprach, hatte die Kommissarin sich die am Hafen abgestellten Handkarren genauer angeschaut. Die Wippen waren ausnahmslos mit Namen oder Abkürzungen versehen, damit es nicht zu Verwechslungen kam oder sie von Unbefugten »ausgeliehen« wurden. Dies kam zwar gelegentlich vor, doch ein polizeiliches Eingreifen war meist nicht nötig. Antje deutete auf einen Handkarren, der mit dem Schriftzug *JUIST WEIN KONTOR* versehen war.

»Ich weiß nicht, ob Tiekamp mehr als eine Wippe besitzt«, sagte sie. »Fest steht, dass sich die Karre hier am Hafen befindet. Die Preisfrage lautet, wer sie wann hierher zurückgebracht hat, nachdem die Weinkiste zum Laden geschafft wurde.«

»Würde Sonja Tiekamp dir wirklich frech ins Gesicht gelogen haben?«, dachte Roland laut nach. »Wenn sie eine Vermisstenmeldung abgibt, kann sie sich doch denken, dass wir der Sache nachgehen. Falls also wirklich nicht ihr Ehemann die Warensendung von der Fähre geholt hat, werden wir es früher oder später herausfinden.«

»Ich gebe dir grundsätzlich recht – aber die Weinhändlerin hat improvisiert«, erwiderte Antje. Sie fuhr fort: »Die Ehefrau konnte unmöglich wissen, dass ich vormittags im Laden erscheinen würde, um einen edlen Tropfen zu kaufen. Sie erschrak bei meinem Anblick, weil sie ein schlechtes Gewissen hatte. Vielleicht verstieß sie zum ersten Mal in ihrem Leben gegen das Gesetz. Ihre Nervosität entging mir nicht. Also musste Sonja Tiekamp sich etwas einfallen lassen, um ihre Unruhe einleuchtend zu erklären. Sie erfand schnell die Geschichte, dass ihr Mann spurlos verschwunden ist, nachdem er die Kiste transportiert hat.«

Der Kommissar schnippte mit den Fingern: »Und in der Eile vergaß sie die Ungereimtheiten: den nicht abgeschlossenen Laden und den trockenen Rasierpinsel. – Juist ist keine Hochburg der Kriminalität. Trotzdem würde Tiekamp wohl nicht seine Weinhandlung offen lassen, um die Wippe zurückzubringen. Und dass er seinen Kunden nicht unrasiert gegenübertritt, in diesem Punkt sind wir uns wohl einig.«

Während die Polizisten miteinander sprachen, näherte sich ihnen ein Mann mit einer leeren Handkarre. Natürlich kannte Antje ihn seit vielen Jahren, so wie die meisten alteingesessenen Juister. Herbert Losch befand sich bereits im Ruhestand, er hatte als Zeitsoldat bei der Bundesmarine viel von der Welt gesehen. Er war kein gebürtiger Ostfriese, hatte aber Juist lieben gelernt. Nun besserte er sich seine Pension auf, indem er das Gepäck der Inseltouristen transportierte. Genau wie die anderen Vertreter seiner Zunft war er an der Elbseglermütze auf seinem Kopf zu erkennen. Der braungebrannte stämmige Kerl in den Sechzigern lächelte, als er Antje und Roland erblickte.

»Moin, ihr beiden! Habe ich etwas ausgefressen? Bin ich vielleicht zu schnell gefahren?«, scherzte er.

»Nee, Herbert. Wir brauchen nur eine Auskunft von dir«, gab Antje zurück.

Losch holte eine Thermoskanne aus seiner Umhängetasche, goss sich Tee in den Becher und sagte: »Na, dann leg mal los.«

Sie zeigte auf die Wippe der Weinhandlung.

»Kannst du dich erinnern, wann Tiekamp das letzte Mal seine Karre benutzt hat?«

»Das muss irgendwann Anfang der vorigen Woche gewesen sein, Antje.«

»Bist du sicher?«

»Hundertprozentig«, gab der Karrenschieber zurück. »Der Weinhändler trägt ja die Nase ziemlich hoch. Wenn der hier im Anzug aufkreuzt, um seine Kisten abzuholen, ist er ein unverwechselbarer Anblick. Wir haben uns sowieso schon gewundert, dass Tiekamp sich selbst die Hände schmutzig macht. Deshalb war es keine große Überraschung, als heute Morgen jemand anders seine Lieferung abgeholt hat.«

Die Kommissarin horchte auf.

»Wer war es denn?«

»Frag mich etwas Leichteres, Antje. Ich kenne den Vogel nicht. Wahrscheinlich ist er ein Saisonarbeiter.«

»Wie sieht der Mann aus?«, wollte der Kommissar wissen.

19

»Altersmäßig dürfte er so zwischen dreißig und vierzig sein. Er ist ungefähr so groß wie du, Roland. Dunkle, kurze Haare, kein Bart. Er trug Jeans und einen Ringelpulli. Seine Unterarme sind tätowiert. Aber ich kam nicht nahe genug an ihn heran, um die Motive erkennen zu können.«

»Du bist ein guter Beobachter«, lobte Antje. »Hat einer von euch mit dem Mann geredet?«

»Wie man es nimmt. Nils sprach ihn an und fragte, ob er sich die Wippe vom Weinladen so einfach nehmen dürfte. Daraufhin hielt der Kerl uns einen Lieferschein unter die Nasen. Darauf stand, dass eine Kiste Bordeaux mit der Morgenfähre für das *Juist Wein Kontor* eintreffen sollte. Also schätze ich, dass die Sache ihre Richtigkeit hatte. Der Helfer war jedenfalls extrem maulfaul, er hat nur so ein wenig vor sich hin gemurmelt.«

»Also weißt du nicht, ob er mit Akzent gesprochen hat?«

»Nee, Antje. Da bin ich überfragt.«

Die Inselpolizisten bedankten sich bei Losch und wünschten ihm noch einen schönen Tag. Er lächelte und prostete ihnen mit seinem Teebecher zu. Die beiden begaben sich zur Wache zurück, um das weitere Vorgehen zu besprechen.

»Am liebsten würde ich sofort der Dame auf die Bude rücken, um sie mit der Nase auf ihre Lügen zu stoßen«, grollte der Kommissar.

»Das kann ich verstehen, mein Lieber. Aber genau genommen hätte Sonja nicht wissen können, dass die Hilfskraft den Wein abgeholt hat. Ihrem Mann könnte etwas dazwischengekommen sein.«

»Und er lässt sein Smartphone im Hinterzimmer liegen? Die Sache ist doch höchst verdächtig, Antje. Warum verschweigt Sonja Tiekamp, dass es einen Angestellten gibt? Wahrscheinlich, weil der Knabe mit ihr zusammen den Ehemann um die Ecke gebracht hat. So lautet zumindest meine Befürchtung.«

»Ich stimme dir zu«, erwiderte die Kommissarin seufzend und legte ihre Hand auf seine Schulter. Sie fuhr fort: »Wir sollten bei unserem ursprünglichen Plan bleiben und erst einmal keinen Verdacht gegen Sonja Tiekamp äußern. Wir wissen jetzt, dass es einen Komplizen gibt. Sie hingegen hat keine Ahnung, dass wir gegen sie ermitteln.«

»Der Weinhändler muss gefunden werden, ob nun tot oder lebendig – wobei die zweite Möglichkeit natürlich besser wäre«, stellte Roland klar.

»Wir verlegen uns auf die gute alte Polizeiarbeit und halten nach Zeugen Ausschau, die Tiekamp vor Kurzem gesehen haben könnten«, schlug Antje vor. Sie rief die Homepage des *Juist Wein Kontors* auf und lud von dort zwei Kopien eines Porträtfotos vom Inhaber herunter. Bernd Tiekamp sah auf dem Bild genauso aus, wie die Kommissarin ihn selbst oft erlebt hatte: eine elegante Erscheinung, das hellgraue Haar modisch frisiert und mit einer teuren Designerbrille. Sie schätzte ihn auf ungefähr fünfzig Jahre, obwohl er zu den Männern gehörte, dessen Alter nicht leicht zu bestimmen war. Der Weinhändler hätte ebenso gut auch vierzig oder sechzig sein können. Auf jeden Fall zählte er etliche Lenze mehr als seine attraktive Ehefrau.

»Lass uns parallel arbeiten«, sagte sie. »Ich befrage vom Wohnhaus der Tiekamps aus gesehen die Nachbarn auf der westlichen Seite, Richtung Domäne Bill. Du nimmst dir mögliche Zeugen unter den Hausbewohnern im Osten der Billstraße vor. Herbert hat uns ja eine brauchbare Beschreibung des unbekannten Helfers geliefert. Wir sollten nicht nur nach Tiekamp, sondern auch nach dem Dunkelhaarigen fragen. Vielleicht hat ja sogar jemand die beiden Männer zusammen gesehen.«

»Ja, so machen wir es, Antje. Wir dürfen nur nicht vergessen, rechtzeitig Feierabend zu machen. Sonst ist deine zukünftige Stiefmutter beleidigt, wenn wir zu spät zum Abendessen erscheinen.«

Die Kommissarin verzog den Mund. Natürlich war ihr bewusst, dass ihr Freund die Bürgermeisterin halb im Scherz als Tjark Fedders zukünftige Gattin bezeichnet hatte. Aber – war diese Vorstellung wirklich so abwegig? Die Beziehung zwischen dem Kneipenwirt und der Amtsträgerin dauerte nun schon seit einigen Monaten an, und sie schienen sich immer noch gut zu verstehen. Einerseits freute die Inselpolizistin sich für ihren Vater. Sie wusste, wie schwer es in seinem Alter war, noch eine neue Liebe zu finden. Andererseits hatte sie in ihrer Eigenschaft als Gesetzeshüterin immer wieder nervtötende Auseinandersetzungen mit Silke Meester gehabt. Die Vorstellung, mit dieser Frau nun auch noch privat verbunden zu sein, behagte ihr gar nicht. Außerdem – offiziell war Antjes Vater immer noch verheiratet, obwohl seine Frau schon vor vielen Jahren mit einem norwegischen Matrosen durchgebrannt war. Die Scheidung würde vermutlich nur eine Formsache sein, aber trotzdem …

Die Kommissarin zwang sich selbst dazu, ihre Gedanken auf die aktuelle Ermittlung zu konzentrieren. Wenig später fuhr sie auf der Billstraße in westlicher Richtung und begann damit, die Häuser in der Nachbarschaft abzuklappern. Einen Erfolg konnte Antje nicht verzeichnen. Entweder war niemand daheim, was hauptsächlich auf die Bewohner von Ferienhäusern zutraf. Wer Juist besuchte, erfreute sich an dem legendären Strand und der schönen Dünenlandschaft. Oder die Menschen konnten keine brauchbaren Angaben machen. So öffneten einige Einheimische der Polizistin zwar die Tür, konnten ihr aber nicht weiterhelfen.

»Das ist doch dieser Zugezogene, der die Nase so hoch trägt. Ich wusste gar nicht, dass er auch in der Billstraße lebt.«

Diesen Satz einer älteren Juisterin hörte Antje in abgewandelter Form während der nächsten Stunden mehrmals. Tiekamp hatte offenbar keine Anstalten unternommen, sich in die Inselgemeinschaft einzufügen. Darüber war die Kommissarin nicht verwundert, denn diese Haltung gab es leider bei einigen Neu-Insulanern. Sie hatten das »Töwerland« während einiger Urlaubsaufenthalte lieben gelernt und wollten ihren Lebensmittelpunkt dorthin verlegen. Aber wenn sie dies dann taten, blieben sie doch auf Distanz zu den Einheimischen und ihren Sitten und Gebräuchen. Tiekamp schien jedenfalls keine Freundschaften oder Bekanntschaften geschlossen zu haben, seit er nach Juist gezogen war – zumindest nicht in seiner Nachbarschaft.

Antje war enttäuscht, als sie zur Polizeistation zurückkehrte. Und ein Blick in Rolands Gesicht bewies, dass er nicht mehr erreicht hatte als sie selbst. Wenigstens präsentierte er ihr eine Flasche Weißwein.

»Die habe ich im Supermarkt gekauft. Ich wollte es vermeiden, heute das *Juist Wein Kontor* aufzusuchen. Ich kann nämlich nicht garantieren, dass ich vor dieser falschen Schlange meinen Verdacht ihr gegenüber verbergen kann.«

»Die Befragung der Weinhändlerin heben wir uns für morgen auf, mein Lieber. Jetzt haben wir gerade noch genug Zeit, um uns umzuziehen und zu unserer verehrten Frau Bürgermeisterin zu fahren.«

»Hoffentlich tischt sie gut auf«, meinte der Kommissar. »Immerhin haben wir heute unsere Mittagspause geopfert, um vergeblich nach Tiekamp zu suchen. Mein Magen hängt schon in den Kniekehlen.«

Antje lächelte verkniffen. Sie konnte nicht behaupten, dass sie sich wirklich über die Einladung freute. Aber ihrem Vater zuliebe würde sie versuchen, mit der Bürgermeisterin auszukommen.

Kapitel 3

Silke Meester wohnte nicht weit vom Tennisplatz und der Strandpromenade entfernt. Ihr geerbtes Friesenhaus war klein, wurde aber von ihr liebevoll gepflegt. Erleichtert registrierte Antje, dass es erst eine Minute vor neunzehn Uhr war, als sie an der Haustür läutete. Die Inselpolizistin trug an diesem Abend ein knielanges leichtes Strickkleid, außerdem eine blickdichte Strumpfhose sowie Pumps. Die hochhackige Edelfußbekleidung war für sie ungewohnt, doch beim Radfahren bemerkte sie kaum einen Unterschied zu den bequemen Sneakers, die sie normalerweise anhatte. Jedenfalls war sie erleichtert darüber, dass sie nicht allzu viele Schritte auf diesen Schuhen zurücklegen musste. Roland hatte sich für ein dunkelblaues Hemd entschieden. Nach Antjes Meinung sah er nicht viel anders als in Uniform aus – abgesehen davon, dass auf seiner Oberbekleidung nicht das Wort POLIZEI prangte. Und das Namensschild fehlte ebenfalls. Da der Herbst allmählich auf den Inseln Einzug hielt, hatten die beiden sich außerdem noch warme Kapuzenjacken angezogen.

Als Silke Meester die Eingangstür öffnete, wehte den Kommissaren ein Duftschwall entgegen. Er stammte offenbar von einem edlen Parfüm.

Die Gastgeberin trug ein dunkelgraues Geschäftskostüm, war also im Prinzip genauso angezogen wie während ihrer Dienststunden im Juister Rathaus. Antjes Fantasie reichte ohnehin nicht aus, um sich die Bürgermeisterin in Wollsocken und einem ausgeleierten Pullover vorzustellen.

»Wie schön, dass … ihr es einrichten konntet«, sagte Silke Meester mit belegter Stimme. Die private Begegnung schien ihr mindestens ebenso unangenehm zu sein wie Antje, was die Polizistin als tröstlich empfand. Die Bürgermeisterin hatte Tjarks Tochter soeben zum ersten Mal geduzt, was sie gewiss eine große Überwindung gekostet hatte. Antje warf ihr einen freundlichen Blick zu und sagte: »Wir haben uns sehr darüber gefreut, dass *du* uns eingeladen hast.«

Roland hatte die Weinflasche noch schnell in einen Bogen Seidenpapier eingeschlagen und überreichte diese nun der Gastgeberin. Silke Meester nahm es mit einem verkniffenen Lächeln zur Kenntnis, dass Antje sie nun ebenfalls duzte. Sie protestierte jedenfalls nicht dagegen, was in den Augen der Inselpolizistin ein ungeheurer Fortschritt war.

»Geht doch schon ins Speisezimmer durch, dein Vater ist auch schon anwesend«, sagte die Bürgermeisterin im Plauderton, nachdem sie ihren Gästen die Jacken abgenommen hatte. Normalerweise hätte Tjark Fedder um diese Uhrzeit in der *Juister Kajüte* hinter der Theke gestanden und Bier gezapft. In Antjes Augen war es ein echter Liebesbeweis, dass er für seine Freundin an diesem Abend sein Lokal geschlossen hatte. Dabei war der pensionierte Seebär nicht so sehr auf die Einnahmen aus seiner Gastronomie angewiesen. Vielmehr liebte er es, mit den unterschiedlichsten Menschen ungezwungen in Kontakt zu kommen. Und dafür eignete sich der Tresen seines gemütlichen Lokals an der Strandpromenade ganz hervorragend.

»Moin, Papa!«

Die Kommissarin ging auf ihren Vater zu und gab ihm einen Kuss auf die Wange. Tjark Fedder hatte es sich bereits am festlich gedeckten Esstisch bequem gemacht. Im Gegensatz zu seiner Tochter und ihrem Freund war es ihm offenbar unnötig erschienen, sich anders als an anderen Tagen zu kleiden. Er trug einen dunkelblauen Troyer, dessen Ärmel er wie üblich bis zu den Ellenbogen hochgeschoben hatte. Vielleicht besaß er auch schlicht und einfach keine formelle Montur wie beispielsweise einen Anzug mit Weste. Antje kannte ihren Vater nur in T-Shirt oder Pullover sowie Jeans. Nur auf seinem Hochzeitsfoto war Tjark in einem Nadelstreifenanzug zu sehen. Doch diese Aufnahme war noch vor Antjes Geburt entstanden und somit über dreißig Jahre alt. Dieser Anzug passte ihm garantiert nicht mehr, denn seitdem hatte ihr Vater einige Kilo mehr auf den Rippen.

»Moin, ihr beiden! Dann setzt euch mal zu mir. Duftet es nicht schon köstlich?«

Mit diesen Worten legte der pensionierte Seemann den Kopf in den Nacken und zog die Luft so ruckartig in die Lungen, dass seine Nasenflügel zu beben begannen.

Silke Meester errötete und kicherte wie ein Teenager.

»Du machst mich noch ganz verlegen, Tjark. – Jetzt gibt es erst einmal eine Suppe.«

Auch Antje musste zugeben, dass es verführerisch nach Lorbeer und anderen Gewürzen roch. Sie folgte der Bürgermeisterin in die Küche, um sie beim Anrichten zu unterstützen. Eigentlich hätte die Kommissarin dankbar dafür sein müssen, dass die Einladung sie von dem Rätsel um Tiekamps Verschwinden ablenkte. Doch dies gelang nur einige Minuten lang. Denn nachdem Silke Meester mit Antjes Hilfe die Suppe serviert und den Wein eingeschenkt hatte, hob die Bürgermeisterin ihr Glas: »Lasst uns auf einen angenehmen Abend anstoßen. Ich will hoffen, dass Bernd Tiekamp bald wieder auf der Bildfläche erscheint.«

Während die Amtsträgerin den letzten Satz aussprach, bedachte sie die Inselpolizistin mit einem durchdringenden Blick. Antje stand der Sinn überhaupt nicht danach, bei Tisch über dieses Thema zu reden. Sie musste sich nicht fragen, woher Silke Meester vom Verschwinden des Weinhändlers erfahren hatte. Das *Juist Wein Kontor* befand sich schließlich nur einen Steinwurf weit vom Rathaus entfernt. Die Wahrscheinlichkeit, dass Sonja Tiekamp der Bürgermeisterin ihr Leid geklagt hatte, war groß. Antje prostete den anderen Anwesenden zu und hoffte, dass niemand auf Silke Meesters Worte einging. Leider war

Tjark Fedder zu neugierig: »Wer ist denn Bernd Tiekamp? Müsste ich den Mann kennen?«

»Ihm gehört das *Juist Wein Kontor* in der Strandstraße«, erklärte die Amtsträgerin ihrem Freund.

Antjes Vater brummte: »Ach, dieser Edelschuppen. Da war ich noch nie drin. Ich beziehe meinen Wein vom Großhändler, der stellt mir immer ein Sortiment nach seiner Wahl zusammen. Wird bei mir sowieso nicht viel verlangt. – Aber dieses Tröpfchen schmeckt wirklich gut.«

Die Kommissarin hoffte, dass Roland nicht den äußerst günstigen Preis des mitgebrachten Weins verraten würde. Sie selbst fand das Getränk nicht besonders ansprechend, aber momentan hatte sie andere Probleme. Antje bemühte sich, das Gespräch in eine unverfängliche Richtung zu lenken.

»Diese Vorsuppe ist köstlich, Silke. Verrätst du mir das Rezept?«

»Das mache ich sehr gern. Es handelt sich um eine ostfriesische Fischcremesuppe, entscheidend ist der Lorbeeranteil. – Um auf den Fall zurückzukommen …«

»Es ist nicht gesagt, dass es überhaupt *einen Fall* gibt. Und sollte es doch so sein, dann ist dafür immer noch die Polizei zuständig!«

Die Kommissarin fand selbst, dass ihre Worte harsch klangen. Aber sie wollte sich nicht auch noch nach Feierabend in ihre Arbeit hineinreden lassen. Einen Moment lang herrschte eine peinliche Stille am Esstisch. Dann kam Roland ihr zu Hilfe: »Ja, die Suppe ist wirklich lecker. Wenn Antje sie auch mal zubereiten würde, hätte ich bestimmt nichts dagegen.«

Er blinzelte seiner Freundin zu und aß einfach weiter. Darüber wunderte die Inselpolizistin sich nicht. Roland hatte ja schon angekündigt, mächtigen Hunger zu haben. Außerdem war es vielleicht die beste Methode, das Thema abzuräumen. Ihr selbst war der Appetit leider schon wieder vergangen.

Silke Meester beteuerte: »Ich will mich ganz bestimmt nicht einmischen, Antje. Aber Frau Tiekamp hat sich mir gegenüber beklagt, weil die Polizei das Verschwinden ihres Ehemanns nicht ernst genug nimmt. Das waren ihre Worte, nicht meine«, fügte sie schnell hinzu.

»Ich bezweifle, dass Sonja Tiekamp unsere Arbeit richtig beurteilen kann«, erwiderte Antje. »Und es steht übrigens keineswegs fest, dass überhaupt ein Verbrechen stattgefunden hat.«

»Ist es nötig, dass ihr schon wieder über Polizeiangelegenheiten sprecht?«, brummte Tjark Fedder. »Da kommt man sich als einfacher Gastwirt immer ein wenig ausgeschlossen vor. Lasst uns lieber das schöne Essen genießen.«

Ich habe ja nicht damit angefangen, dachte Antje. Doch sie erkannte, dass ihr Vater seine Worte gar nicht an sie gerichtet hatte. Vielmehr schaute er seine Freundin durchdringend an, woraufhin Silke Meester den Blick senkte und ihren Löffel zum Mund führte.

»Habt ihr schon gehört, welches lustige Missgeschick Bente Köping passiert ist?«, fragte Roland mit munterer Stimme. Er wollte Antje offenbar dabei unterstützen, ein unverfängliches Gesprächsthema zu finden. Sie selbst kannte die Geschichte schon. Köping hatte fremdgehen wollen und sich online mit einer Fremden in einem Norddeicher Hotel verabredet. Als er dort erschien, traf er auf seine Ehefrau. Sie hatte unter Pseudonym ebenfalls einen Seitensprung begehen wollen. Antje war sicher, dass zumindest ihr Vater dieses Erlebnis spaßig finden würde. Doch bevor der Kommissar mit seiner Erzählung beginnen konnte, klingelte ihr Mobiltelefon. Sie unterdrückte ein Seufzen. Nach Dienstschluss leitete Antje die Anrufe bei der Polizeistation Juist auf ihr Smartphone um, denn natürlich konnte auch nachts ihre Hilfe benötigt werden. Sie und Roland waren eben die einzigen Polizisten auf der kleinen Nordseeinsel.

»Moin, Sie sprechen mit der Polizei Juist. Mein Name ist Fedder. Was können wir für Sie tun?«

Zunächst war nur das Rauschen der Brandung zu hören, auf der Insel kein ungewöhnliches Geräusch. Dann meldete sich eine aufgeregte junge Frauenstimme: »Ich … wir … haben eine Leiche gefunden!«

Kapitel 4

Diese Nachricht traf Antje wie ein Schlag in die Magengrube. Doch sie war professionell genug, sich von der Neuigkeit nicht aus der Bahn werfen zu lassen. »Wie heißen Sie?«, wollte die Polizistin von der Anruferin wissen.

»M-maren Liebig. Ich bin hier mit meinem Freund Leon, und wir …«

Sie verstummte, es hatte ihr offenbar die Sprache verschlagen. Einen Moment lang hörte Antje nur das Pfeifen des Windes und eine Männerstimme, die beruhigend klingende Worte sprach. Was genau er sagte, konnte sie nicht verstehen. *Der Ton macht die Musik,* dachte sie. Als Maren Liebig sich wieder meldete, hörte sie sich nicht mehr ganz so panisch an.

»Wir waren in den Dünen spazieren, und die Dunkelheit brach so plötzlich herein. Da sahen wir diesen Mann. Erst dachten wir, er wäre betrunken. Wir wollten ihn wecken, damit er nicht nachts draußen liegen bleibt und sich erkältet. Aber er fühlte sich einfach nur … *kalt und starr* an.«

»Wo genau befinden Sie sich?«

»Ich habe keine Ahnung … in den Dünen …«

Dünen gibt es auf Juist reichlich. Doch diesen Satz sprach die Kommissarin nicht laut aus. Ihr war bewusst, dass die Anruferin verwirrt und ängstlich war. In der Finsternis eine Leiche zu entdecken würde wohl die meisten Menschen aus dem seelischen Gleichgewicht bringen.

»Überlegen Sie bitte genau, Frau Liebig. Sind Sie an einprägsamen Gebäuden vorbeigekommen? Wie sieht die Landschaft links und rechts von Ihnen aus?«

Natürlich wäre es auch möglich gewesen, das Smartphone der Anruferin zu orten. Aber Antje hatte mit Funklöchern schlechte Erfahrungen gemacht. Sie verließ sich lieber auf die Beobachtungsgabe von echten Menschen als auf die Technik.

»Wir sind vorhin an der Jugendherberge vorbeigekommen und folgten dem Weg zwischen den Dünen. Hier ist rechts von uns ein großer See … und der Tote liegt neben einer Aussichtsplattform.«

Nun wusste Antje, wo sich Maren Liebig und ihr Freund befanden. Sie sagte: »Bitte bleiben Sie dort, wo Sie gerade sind. Mein Kollege und ich kommen so schnell wie möglich zu Ihnen!«

Sie wartete keine Antwort ab, sondern beendete das Telefonat. Die Blicke aller Anwesenden waren auf sie gerichtet. Natürlich hatten Silke Meester, Tjark Fedder und Roland mitbekommen, dass es einen Notfall gab.

»Entschuldige bitte, aber wir müssen aufbrechen«, teilte die Kommissarin der Bürgermeisterin mit. »Wir haben einen Einsatz.«

»Etwas Ernstes?«, hauchte die Amtsträgerin.

Antje ging nicht direkt auf die Frage ein. »Es sieht nicht danach aus, dass wir heute noch zurückkehren können«, erwiderte sie. »Das ist bedauerlich, aber die Pflicht geht vor.«

»Aufgeschoben ist ja nicht aufgehoben«, meinte Tjark Fedder. »Passt gut auf euch auf, ja?«

»Das machen wir, Papa.«

Mit diesen Worten eilte Antje hinaus, dicht gefolgt von Roland. Die beiden schwangen sich auf ihre Fahrräder und rasten los. Es war noch nicht allzu spät, aber reges Nachtleben suchte man auf einer Insel wie Juist vergebens. In den meisten Straßen herrschte entspannte Ruhe. Wenige Passanten führten ihren Hund Gassi, einzelne Radfahrer kamen den beiden entgegen. Während die Kommissarin kräftig in die Pedale trat, gab sie ihrem Kollegen im Telegrammstil eine Zusammenfassung des Anrufs. Zum Schluss sagte sie:

»Vielleicht hätten wir dieses Verbrechen verhindern können.«

»Das weißt du nicht. Erstens steht noch gar nicht fest, ob die Person durch Fremdeinwirkung zu Tode kam. Und zweitens – wir haben fast den ganzen Tag damit verbracht, nach Bernd Tiekamp Ausschau zu halten. Keiner seiner Nachbarn hat ihn bemerkt. Die Leute hatten keinen Grund, uns anzulügen.«

Es tat gut, die Stimme der Vernunft zu hören. Wenn Antje objektiv über die Fakten nachdachte, waren ihr diese Zusammenhänge natürlich ebenfalls bewusst. Doch sie neigte dazu, alle Straftaten auf Juist persönlich zu nehmen. Bevor die Polizeiführung die Planstelle für Roland geschaffen hatte, war Antje ganz allein für die Durchsetzung von Recht und Ordnung auf dem »Töwerland« verantwortlich gewesen. Darum reagierte sie auch immer noch überempfindlich, wenn die Bürgermeisterin sich in die Polizeiarbeit einmischen wollte. Was Silke Meester wohl sagen würde, wenn die Leiche des Weinhändlers in den Dünen lag? Darüber wollte die Kommissarin sich jetzt lieber nicht den Kopf zerbrechen.

Nachdem die Polizisten die letzten Wohnhäuser hinter sich gelassen hatten, wurde die Straßenbeleuchtung noch spärlicher. Bald waren sie ausschließlich auf ihre Fahrradlampen angewiesen, deren Lichtstrahlen die Finsternis zwischen den Dünen zerschnitten. Antje fragte sich, wie Maren Liebig und ihr Freund angesichts dieser schlechten Lichtverhältnisse den Toten überhaupt gefunden hatten.

Die Jugendherberge hatten die Kommissare längst passiert. Von dort aus benötigte man zu Fuß ungefähr eine halbe Stunde bis zu der Aussichtsplattform am Hammersee. Mit dem Fahrrad ging es natürlich viel schneller. Trotzdem kam es der Polizistin so vor, als ob sie und ihr Kollege sich nur im Schneckentempo fortbewegen würden.

Endlich erschienen im Licht der Radleuchten zwei winkende Gestalten. Antje bremste ihr Fahrrad und stellte sich sowie Roland vor. Da sie momentan zivile Kleidung trugen, waren sie natürlich nicht sofort als Polizeibeamte zu erkennen.

»Wir haben miteinander telefoniert, nicht wahr?«, fragte sie die Frau.

Maren Liebig antwortete mit einem Nicken. Ihre Gesichtszüge wirkten angespannt, was angesichts der Lage nur allzu verständlich war. Zum Glück hatte Antje in ihrer Umhängetasche stets eine leistungsfähige Taschenlampe dabei, mit der sie jetzt die Szenerie ausleuchten konnte. Ein junger Mann hatte schützend seinen Arm um Maren Liebigs Schultern gelegt. Bei ihm musste es sich um Leon handeln. Die Kommissarin schätzte die beiden auf Anfang bis Mitte zwanzig. Sie waren mit Jeans und dunklen Windjacken bekleidet. Ohne Licht hätte man das Pärchen nachts im Naturschutzgebiet erst in der unmittelbaren Nähe bemerkt.

»Wie kam es überhaupt dazu, dass Sie den Toten entdeckt haben?«, wollte Roland wissen. Er fügte hinzu: »Man sieht hier ja kaum die Hand vor Augen.«

»Das stimmt«, erwiderte Leon. »Wir waren am Strand und wollten zurück zu der Frühstückspension, in der wir Ferien machen. Ich dachte, dass wir eine Abkürzung durch die Dünen nehmen könnten. Das war keine gute Idee. Wir liefen im Kreis, und dann wurde es schneller dunkel, als wir angenommen hatten. Ich benutzte die Taschenlampenfunktion meines Smartphones, um uns den Weg zu leuchten. Und dann sahen wir … ihn.« Der junge Mann deutete mit seinem freien Arm in Richtung der Aussichtsplattform. Antjes Lichtstrahl folgte seiner Bewegung. Dort lag etwas auf dem Boden, das man für ein altes Kleiderbündel hätte halten können. Mit der Flut wurden oft die seltsamsten Gegenstände ans Ufer gespült. Die Kommissarin hatte bei ihren routinemäßigen Rundgängen am Spülsaum neben Autoreifen oder halben Schaufensterpuppen auch schon einen hölzernen Schaukelstuhl und die Kabinentür einer Yacht gefunden. Doch hier handelte es sich eindeutig um die sterblichen Überreste eines Menschen, wie sie beim Näherkommen bemerkte. Und die Nordsee hatte den Toten ganz gewiss nicht hierher gebracht, dafür lag er viel zu weit vom Strand entfernt. Antje kniete sich neben ihn, um den Leichnam genauer zu betrachten. Und sie erlebte sogleich eine Überraschung. Innerlich hatte sie sich schon darauf eingestellt, den vermissten Weinhändler hier aufzufinden. Doch der Tote entsprach stattdessen der Beschreibung, die Herbert Losch von dem jungen Kistentransporteur abgegeben hatte!

Der Mund und die Augen waren halb geöffnet, das im Tod erstarrte Gesicht drückte großes Erstaunen aus. So, als ob er den Angriff nicht kommen gesehen hätte. Die Polizistin zweifelte nicht daran, dass jemand ihn umgebracht hatte. Der Griff einer Stichwaffe stak in seiner linken Flanke. Es erschien ihr extrem unwahrscheinlich, dass jemand sich ausgerechnet an dieser Stelle selbst ein Messer oder einen Dolch in den Oberkörper rammen würde. Antje beglückwünschte sich selbst dazu, dass sie auch in ihrer privaten Umhängetasche stets einige Latexhandschuhe mit sich führte. Sie zog sich ein Paar über und begann damit, die Taschen des Opfers zu durchsuchen. Diese waren ausnahmslos leer.

Während die Kommissarin damit beschäftigt war, blieb Roland nicht untätig. Sie konnte hören, dass er die Personalien der Zeugen aufnahm und ihre Urlaubsadresse auf Juist notierte. Außerdem bat er sie, am nächsten Tag zur Polizeistation zu kommen und ihre Aussagen schriftlich niederzulegen. Die Anwesenheit des Liebespaars war jetzt nicht mehr notwendig. Und die beiden hatten gewiss nichts dagegen, sich von der Leiche entfernen zu dürfen. Als Maren Liebig und ihr Freund, der mit vollem Namen Leon

Bast hieß, außer Hörweite waren, sagte Antje: »Wir könnten es mit einem Raubmord zu tun haben. Der Tote hat überhaupt nichts bei sich, noch nicht einmal Zigaretten.«

»Rauchen ist ja auch ungesund.«

»Was du nicht sagst, du Komiker. Das stimmt natürlich. Aber das Opfer muss ein starker Raucher gewesen sein, schau nur.«

Mit diesen Worten richtete sie das Taschenlampenlicht auf die rechte Hand des Mannes. Die gelblich-braune Nikotinverfärbung an den Fingern war nicht zu übersehen. Und als die Kommissarin die linke Hand näher betrachtete, fand sie doch noch einen möglichen Hinweis auf seine Identität.

»Ein Siegelring!«, stellte ihr Kollege fest, der sich nun an der Untersuchung beteiligte. Er machte mit seinem Smartphone einige Fotos von dem Schmuckstück. Der Ring schien aus massivem Gold zu sein. Das eigentliche Siegel sollte offenbar den Kopf eines Pfaus darstellen.

»Das passt doch nicht zusammen«, überlegte der Kommissar laut. »Bei einem Raubmord verzichtet der Täter darauf, dem Opfer diesen Ring abzunehmen? Allein schon vom Materialwert her hätte es sich gelohnt, die Preziose mitgehen zu lassen.«

Antje erwiderte: »Ich gebe dir recht, aber schau dir die Hand mal genauer an. Der Ring ist so eng, dass der Mörder ihn unmöglich abziehen konnte. Vielleicht wäre es mit einer Zange gegangen, indem er den Ringfinger einfach entfernt hätte. Aber das dürfte Zeit kosten, schätze ich. Wir wissen nicht, wann dieser Mann starb. Vielleicht war es noch hell. Der Täter musste die Entdeckung fürchten. Also räumte er schnell die Taschen aus und verschwand, bevor mögliche Zeugen auf der Bildfläche erscheinen konnten.«

»Ja, das ist plausibel«, stimmte Roland zu. »Und übrigens scheint die Mordwaffe dem Opfer selbst gehört zu haben. – Sieh mal, was es bei sich hatte.«

Der Polizist zog eine blecherne Scheide hervor, die der Tote hinten im Hosenbund gehabt hatte. Er sagte: »Ich bin kein Experte, aber diese Hülle dürfte zu der Stichwaffe gehören, die in seinem Körper steckt. Die Beschaffenheit des Griffs passt eher zu einem Bajonett als zu einem normalen Messer oder Dolch.«

»Eine Militärwaffe also«, stellte Antje fest. »Vielleicht können uns die Kriminaltechniker mehr zur Herkunft dieses Mordwerkzeugs sagen. Wir sollten den Leichnam so bald wie möglich zur Untersuchung aufs Festland schaffen lassen, komplett mit dem Bajonett in der Wunde. Der Gerichtsmediziner wird sauer, wenn wir dilettantisch daran herumpfuschen.«

»Das habe ich auch nicht vor«, beteuerte Roland. »Es ist sowieso schon eine Herausforderung, in der Finsternis diese Leiche zu bergen.«

Er griff zum Smartphone und kontaktierte den Spediteur, den die Polizei Juist schon öfter mit dem Transport eines Toten nach Norddeich betraut hatte. Zum Glück verfügte der Mann über den unerschütterlichen Gleichmut der Inselfriesen. Falls es ihm etwas ausmachte, spät am Abend seine Pferde anzuspannen und in die Dünen zu fahren, um von dort einen Leichnam abzuholen, dann ließ er es sich jedenfalls nicht anmerken. Roland schwang sich auf sein Fahrrad und eilte zur Polizeistation zurück, um eine Plane zu holen. Antje blieb zurück, um auf das Opfer zu achten. Andere Menschen hätten es vielleicht unheimlich gefunden, in der Dunkelheit allein in einer so stillen Landschaft bei einem Toten zu bleiben. Doch die Polizistin war nicht abergläubisch. Von einem Ermordeten ging ihrer Meinung nach keine Gefahr mehr aus. Es waren die Lebenden, vor denen man sich besser in Acht nehmen sollte.

Kapitel 5

Wo war Bernd Tiekamp? Diese Frage stand nach wie vor im Raum. Und jetzt kamen noch zwei weitere hinzu: Wie lautete die Identität des Toten? Und – wer hatte ihn auf dem Gewissen? Fest stand nur, dass es eine Verbindung zwischen den beiden Fällen geben musste. Auf die Aussage des Karrenschiebers Losch war Verlass. Es gab für ihn keinen Grund, die Beamten anzuschwindeln. Der Mann, der jetzt tot vor Antjes Füßen lag, hatte die Warensendung für das *Juist Wein Kontor* vom Fährhafen abgeholt. Aber in wessen Auftrag? Und was war danach mit ihm geschehen? Während Antje über diese Punkte nachdachte, stieg in ihr eine seltsame Beklemmung auf. Obwohl sie ein rational denkender Mensch war, hatte sie sich schon oft auf ihr Bauchgefühl verlassen und damit gute Erfahrungen gemacht. Momentan warnte sie ihr Instinkt vor einer sich nähernden Gefahr. Oder ging ihre Fantasie mit ihr durch? Die dichte Vegetation rund um den Hammersee konnte bei Nacht bedrohlich wirken. Da wurden aus dem wild wuchernden Krüppelwald finstere Gestalten, die mit Keulen und Äxten bewaffnet auf ihre Opfer lauerten. Und ein nachtaktives Kleintier im Unterholz konnte die Illusion von sich nähernden Schritten eines Meuchelmörders erschaffen. Die Kommissarin lauschte, konnte die Geräusche in ihrer Umgebung aber nicht genau zuordnen.

Trotzdem war sie sicher, nicht mehr mit der Leiche allein zu sein.

Jemand kam näher und nutzte dabei die Dunkelheit als eine natürliche Tarnkappe. Antje spannte ihre Muskeln an und atmete tief durch, um ihre Angst in den Griff zu bekommen. Sie musste damit rechnen, dass der Mörder zurückgekehrt war. Dafür gab es sogar einen sehr guten Grund: Er hatte zuvor kein passendes Werkzeug gehabt, um den Siegelring zu entfernen. Nun wollte er dies im Schutz der Dunkelheit nachholen. Zumindest bestand diese Möglichkeit. Antje hatte ihre Dienstwaffe nicht bei sich. Sie schloss ihre Pistole in ihrer Freizeit auf der Wache ein, wie es die Vorschrift verlangte. Wenigstens konnte die Taschenlampe aus stabilem Metall als brauchbares Schlaginstrument dienen, falls es nötig sein sollte. Antje hatte die Lampe schon ausgeknipst, als Roland weggefahren war. Sie wollte die Batterien nicht unnötig beanspruchen. Ob der näher kommende Verdächtige überhaupt ahnte, dass sie bei dem Toten Wache hielt? Es gab natürlich auch die Möglichkeit, dass der von ihrem Kollegen beauftragte Transporteur bereits auf dem Weg zu ihr war. Doch dies kam ihr wenig wahrscheinlich vor. Sie hätte garantiert das Fahrgeräusch seines Pferdefuhrwerks vernommen, mit dem er sich so weit wie möglich der Aussichtsplattform nähern würde. Außerdem kam der Spediteur gewiss nicht auf die Idee, ohne Lampe nachts durch die Gegend zu stolpern.

Das tat nur jemand, der etwas zu verbergen hatte.

Wie viel Zeit würde vergehen, bis ihr Kollege zurückkehrte? Vielleicht eine Viertelstunde. Antje wusste nicht genau, wann Roland aufgebrochen war. Das Licht an seinem Fahrrad war jedenfalls eingeschaltet. Also musste man ihn zwangsläufig bemerken, wenn er aus Richtung Ortskern kam. Die Kommissarin war nach wie vor nicht sicher, ob sie es überhaupt mit einer Bedrohung aus der Finsternis zu tun hatte. Das fahle Mondlicht zeigte sich als ungeeignet, um Details zu erkennen. Sie *glaubte*, dass jemand sich an sie heranschlich. Aber sicher war sie nicht. Natürlich hätte sie ihre Taschenlampe wieder einschalten können. Das konnte sich als fataler Fehler erweisen, denn dadurch gab sie ihre eigene Position unweigerlich preis. Der Täter konnte sich hingegen immer noch in der Dunkelheit verbergen. Trotzdem musste sie es riskieren. Es gab nämlich nur einen plausiblen Grund dafür, dass jemand ohne eine Lichtquelle näher kam. Die Person wusste oder ahnte, dass der Leichnam bereits entdeckt worden war. Jetzt kam es für sie nur noch darauf an, den richtigen Moment abzupassen. Antje umklammerte die Taschenlampe fester. Sie war inzwischen sicher, dass ein Angriff unmittelbar bevorstand. Ihr Widersacher trat auf einen trockenen Zweig. Wenn Antje sich auf ihr Gehör verlassen konnte, war er nur noch wenige Meter von ihr entfernt. Sie ließ ihre Lampe aufflammen und richtete sie dorthin, wo das Geräusch ertönt war.

»Polizei! Nehmen Sie die Hände hoch!«, rief sie so laut wie möglich. Im grellhellen Lichtkegel erschien eine Gestalt im Kapuzenpullover. Mann oder Frau? Das ließ sich schwer einschätzen. Die Person riss geistesgegenwärtig den Unterarm hoch, um die Augen vor der unerwarteten Helligkeit zu schützen. Antje rechnete nach wie vor mit einer Attacke. Doch stattdessen drehte sich der Unbekannte von ihr weg und rannte davon.

»Stehen bleiben!«, befahl die Kommissarin. Sie setzte ihm nach. Der Vorsprung betrug nur wenige Meter. Antje war fit und durchtrainiert, doch leider gehörte zu einer Verfolgungsjagd in der Finsternis auch etwas Glück. Sie hatte bereits die Distanz zu dem Flüchtenden verkürzt, als sie mit dem linken Fuß an einer Baumwurzel hängen blieb. Wegen ihres hohen Tempos konnte sie sich nicht mehr rechtzeitig bremsen und fiel der Länge nach hin. Die Kommissarin verlor ihre Lampe. Als sie sich wieder aufgerappelt hatte und ihre Lichtquelle wieder zur Hand nahm, richtete sie den Lichtstrahl nach vorn. Doch sie erblickte nur windschiefe Bäumchen und im Hintergrund die glatte Wasseroberfläche des Hammersees. Auch links und rechts von ihr suchte sie den Fliehenden vergebens. Die Polizistin lauschte, konnte aber keine verdächtigen Geräusche mehr hören. Stattdessen bemerkte sie wenig später das monotone Sirren von Rolands

Lampendynamo. Ihr Kollege kam auf dem Wanderweg auf sie zu. Roland bemerkte sofort, dass etwas passiert war.

»Was ist los?«, fragte er aufgeregt. Sie berichtete, was sich ereignet hatte.

»Geht es dir gut?«, wollte Roland wissen. Antje konnte ihm anhören, wie besorgt er um sie war. Er nahm sie sanft in die Arme. Sie wusste, dass er es gut meinte. Dennoch war sie in diesem Moment nicht für seine Gefühle empfänglich. Sie machte sich von ihm los und beteuerte: »Mir fehlt nichts, ich habe mir noch nicht mal den Fuß verstaucht. Wenn ich nicht so blöd gefallen wäre, hätte ich den Mörder erwischt!«

»Falls es überhaupt der Täter war, der sich dir genähert hat«, schränkte Roland ein.

Sie erwiderte: »Wer sonst sollte um diese Uhrzeit durch das Naturschutzgebiet schleichen und abhauen, sobald ich mich als Polizistin zu erkennen gebe? Er oder sie hatte es jedenfalls nicht auf eine Konfrontation abgesehen.«

»Die Person konnte nicht wissen, dass du keine Pistole bei dir hast. Wer weiß, was in dem Fall geschehen wäre.«

Antje lag die Bemerkung auf der Zunge, dass sie sehr gut auf sich selbst aufpassen könne und außerdem als Polizistin gelernt hatte, sich auch ohne Waffe ihrer Haut zu wehren. Doch sie behielt diese Worte lieber für sich. Dass ihr Wohlbefinden ihrem Freund nicht gleichgültig war, konnte man doch nur positiv sehen. Sie ärgerte sich über ihre eigene Ungeschicklichkeit oder ihr Pech – jedenfalls darüber, dass sie die dunkle Gestalt nicht in die Finger bekommen hatte. Es gab keinen Grund dafür, ihre schlechte Laune an Roland auszulassen.

»Wir sollten bei Tageslicht hierher zurückkehren und die Umgebung absuchen«, schlug sie vor. »Vielleicht hat unser eiliger Freund Spuren hinterlassen, die wir sichern können. Beim Lichtschein von Taschenlampen müssen wir das gar nicht erst versuchen.«

Das Trappeln von Pferdehufen unterbrach ihr Gespräch. Der Fuhrunternehmer näherte sich mit seinem Wagen dem Leichenfundort. Antje lief ihm mit eingeschalteter Lampe entgegen, um ihn an den richtigen Platz zu führen. Das Fuhrwerk näherte sich aus Richtung Strand, weil die Wege im Naturschutzgebiet größtenteils zu schmal für den Pferdewagen waren. Die Polizistin erklomm eine Düne und erblickte auf der anderen Seite die Lichter des Gefährts. Außerdem hörte sie das Schnauben der beiden vierbeinigen Mitarbeiter des Spediteurs.

»Moin, Tamme! Danke, dass du dich so schnell auf den Weg gemacht hast«, sagte die Kommissarin zu ihm, als sie den Wagen erreicht hatte.

»Wat mutt, dat mutt«, gab Tamme wortkarg zurück. Er wusste, dass die Polizei ihn nicht wegen einer Lappalie aus dem verdienten Feierabend holen würde. Antje gab ihm die Hand und führte ihn über den schmalen Fußweg zur Aussichtsplattform.

Roland hatte inzwischen damit begonnen, den Toten in die mitgebrachte Kunststofffolie zu wickeln. Auch der Kommissar sprach noch kurz mit dem Fuhrunternehmer, obwohl dessen Aufgabe eindeutig war: Er würde dafür sorgen, dass der Leichnam unauffällig an Bord der Morgenfähre geschafft wurde. In Norddeich übernahmen dann dortige Polizeikollegen die traurige Fracht und kümmerten sich um den Weitertransport zum gerichtsmedizinischen Institut in Oldenburg. Nachdem die Ermittler sich von Tammen verabschiedet hatten, gingen sie zu ihren Fahrrädern zurück. Antje ertappte sich dabei, dass sie weiterhin die Umgebung genau beobachtete. Ob sich der Verdächtige immer noch in der Nähe aufhielt? Falls das so war, hielt er jedenfalls die Füße still. Außerdem – die Leiche war nun fort. Wenn die Person an dem Toten Hinweise zur Aufklärung des Falls hinterlassen hatte, waren diese nun schon Richtung Festland unterwegs.

»Knöpfen wir uns morgen früh als Erstes Sonja Tiekamp vor, Antje?«

»Ja, das muss unbedingt sein! Die Dame spielt mit falschen Karten, da bin ich mir sicher. Sie muss wissen, wer anstelle ihres Mannes die Warensendung abgeholt hat. Und übrigens sehe ich inzwischen auch Bernd Tiekamps Verschwinden in einem anderen Licht. Vielleicht hat er ja den jungen Mann mit dem Siegelring erstochen. Zumindest müssen wir nach wie vor in Erfahrung bringen, wo er sich aufhält und was er seit heute Morgen gemacht hat!«

*

Am nächsten Morgen versteckte sich die Sonne zunächst hinter einer Wolkenfront, die Nieselregen auf Juist niederprasseln ließ. Das graue Einerlei am Himmel passte zu Antjes Stimmung. Sie hatte nach den Ereignissen des Vorabends nur wenig Schlaf gefunden. Ständig spukten ihr die bisher bekannten Fakten durch den Kopf, aber noch konnte sie die einzelnen Puzzleteile nicht sinnvoll zusammenfügen. Nachdem sie eine frische Uniform angezogen und einen extra starken Tee getrunken hatte, fühlte sie sich etwas besser.

Roland erschien pünktlich zum Dienstbeginn im Wachlokal. Obwohl die beiden ein Liebespaar waren, wohnten sie nicht zusammen. Sie fanden es wichtig, dass jeder von ihnen einen Rückzugsraum behielt. Immerhin verbrachten sie nicht nur den Arbeitstag, sondern auch die meiste Freizeit miteinander. Antje wurde von ihrem Freund mit einem prüfenden Blick bedacht: »Diese Sorgenfalten stehen dir nicht, mein Schatz. Da wahrscheinlich weder du noch ich während der Nacht einen Crashkurs in Russisch oder Griechisch gemacht haben, sollten wir die Fotos dieser Papierfetzen mit kyrillischer Schrift an das Landeskriminalamt weiterleiten. Wetten, dass die Kollegen uns weiterhelfen können?«

Roland präsentierte seinen Vorschlag mit so einer munteren Stimme, dass die Kommissarin unwillkürlich lächeln musste. Zum Glück kam Trübsalblasen bei ihr eher selten vor. Aber falls doch, konnte ihr Freund sie garantiert aufheitern.

Sie erwiderte: »Ja, das sollten wir tun. Schreibst du eine Mail ans LKA, während ich mir die Falten aus dem Gesicht bügele? Und dann nehmen wir uns die Weinhändlerin zur Brust.«

Natürlich widmete Antje sich jetzt nicht der Schönheitspflege, sondern stürzte sich ebenfalls in die Arbeit. Sie ging die Vermisstenanzeigen durch, die täglich aktualisiert wurden. Unter den gesuchten Personen war keine, die dem Aussehen des Toten entsprach. Und ob es sinnvoll war, Bernd Tiekamp als vermisst zu melden, würde sich hoffentlich während der nächsten Stunden klären. Die Kommissare waren gerade mit ihrer jeweiligen Computerarbeit fertig und wollten aufbrechen, als die Bürgermeisterin das Wachlokal betrat.

Die hat mir gerade noch gefehlt, dachte Antje. Ein Blick in Silke Meesters Gesicht reichte, um Gewissheit zu bekommen: Die Amtsträgerin befand sich wieder einmal im Panikmodus. Ob sie schon von dem Leichenfund erfahren hatte?

»Moin, gibt es etwas Neues?«

Die Bürgermeisterin versuchte, diese Frage möglichst uninteressiert zu stellen. Doch diese Absicht scheiterte kläglich, wie Antje fand. Die Kommissarin war sicher, dass Silke Meester eine schlaflose Nacht verbracht hatte. Und das lag gewiss nicht hauptsächlich an dem verunglückten Abendessen mit Tjark Fedder.

»Wir hatten einen Einsatz in der Nähe vom Hammersee«, erwiderte die Polizistin, »und wegen dieser Sache müssen wir auch gleich wieder aktiv werden.«

Sie rätselte darüber, ob Tammen der Amtsträgerin von seiner traurigen Fracht berichtet haben könnte. Doch diese Möglichkeit kam ihr unwahrscheinlich vor. Der Fuhrunternehmer war wie die meisten Inselfriesen alles andere als eine Plaudertasche. Er hatte gewiss Besseres zu tun, als der Bürgermeisterin brühwarm von dem Leichentransport zu berichten. Ganz abgesehen davon, dass er die Aufgabe mitten in der Nacht erledigt hatte. Man konnte Silke Meester an der Nasenspitze ansehen, dass ihr Antjes spärliche Auskunft nicht zusagte.

Roland rettete die Situation, indem er sich mit einem charmanten Lächeln an sie wandte: »Wir beide haben uns sehr über die Einladung gefreut, Silke. Leider konnten wir nicht bleiben, aber das bringt der Beruf nun mal so mit sich. – Wir möchten uns gern revanchieren. Warum kommt du und Tjark nicht am nächsten Samstag zu uns? Antje wird euch etwas ganz Besonderes auftischen, nicht wahr?«

Mit den letzten beiden Worten wandte er sich an seine Freundin. Ihr blieb nichts anderes übrig, als Begeisterung zu heucheln und eifrig zu nicken: »Ja, das wäre eine große Freude!«

Diese Gegeneinladung schien die Bürgermeisterin für den Moment zu besänftigen. Trotzdem würde sie gewiss hinter den Kulissen in Erfahrung bringen wollen, womit die Inselpolizisten sich momentan befassen mussten. Aber auf einem kleinen Eiland wie Juist war es ohnehin nur eine Frage der Zeit, bis sämtliche Einwohner und Feriengäste von der Mordermittlung Wind bekamen.

»Das ist sehr freundlich von euch, Tjark und ich werden gern erscheinen. Und nun will ich euch nicht länger von der

Arbeit abhalten, ich muss ja selbst mit meinem Tagewerk beginnen.«

Die Bürgermeisterin warf einen demonstrativen Blick auf ihre elegante winzige Damenarmbanduhr und verließ die Wache, um per Fahrrad zu verschwinden. Wie die meisten Insulaner ging sie kaum einen Schritt zu Fuß, sondern verließ sich auf ihr zweirädriges Transportmittel.

»Das war ja eine echte Schnapsidee von dir!«, warf Antje ihrem Freund vor, als sich die Tür hinter Silke Meester geschlossen hatte.

Er zuckte mit den Schultern: »Etwas Besseres ist mir auf die Schnelle nicht eingefallen, um sie loszuwerden. Wir haben schließlich etwas zu erledigen.«

Die Kommissarin seufzte.

»Du hast ja eigentlich recht. Und früher oder später wären wir um so einen Termin sowieso nicht herumgekommen, denn Papa und unsere Bürgermeisterin werden sich wohl nicht so schnell trennen. Ich habe nur Bammel, weil ich keine begnadete Köchin bin.«

»Ich helfe dir«, bot Roland an. »Und so mager, wie unser Inseloberhaupt ist, wird sie garantiert nicht viel zu sich nehmen!«

Kapitel 6

Als Sonja Tiekamp das *Juist Wein Kontor* aufschließen wollte, standen die Polizisten bereits vor der Tür. Antje nahm die Weinhändlerin genau in Augenschein. Sonja Tiekamp war an diesem Morgen noch viel stärker geschminkt als bei der Begegnung am Vortag. Auf die Kommissarin wirkte der starke Einsatz von Puder und Rouge wie eine Maske, unter der diese Frau ihre Unruhe verbergen wollte. Das elegante Nadelstreifenkostüm und die gestärkte weiße Bluse kamen der Polizistin wie eine Rüstung vor, an der ein Angriff abprallen sollte. Sonja Tiekamp erschien ihr inzwischen noch verdächtiger. Dennoch begegnete Antje ihr mit professioneller Freundlichkeit: »Moin! Das ist mein Kollege, Kommissar Witte. Wir möchten mit Ihnen noch einmal über Ihren Ehemann sprechen.«

»Ja, natürlich. Treten Sie bitte näher«, erwiderte Sonja Tiekamp. Sie sprach ohne Betonung, emotionslos wie ein Automat. Ob sie unter dem Einfluss von Beruhigungsmitteln oder Drogen stand? Falls sie dies mit ihrem übertriebenen Make-up kaschieren wollte, wurde diese Absicht jedenfalls verfehlt. Antje und Roland hatten sich zuvor darüber verständigt, dass die Polizistin die meisten Fragen stellen wollte. Immerhin war sie schon zuvor mit der Weinhändlerin in Kontakt getreten. Die Ermittler folgten ihr in den Laden. Sonja Tiekamp legte ihren Schlüsselbund auf den Verkaufstresen und schaute erst die Kommissarin, dann ihren Kollegen an.

»Sagen Sie mir die Wahrheit, ich kann es ertragen«, forderte sie. »Haben Sie Bernd gefunden? Ist er tot?«

»Nein, wir wissen momentan nicht, wo sich Ihr Ehemann aufhält. Und ich finde es seltsam, dass Sie über die Wahrheit sprechen. Gestern haben Sie mich angelogen, oder?«

»Wie können Sie es wagen ...«, begann die Weinhändlerin, doch Antje fiel ihr ins Wort: »Sie haben vergessen zu erwähnen, dass Ihr Gatte nicht bei Ihnen übernachtet hat. Oder wollen Sie uns weismachen, dass er unrasiert sein Geschäft aufgeschlossen hat?«

Roland ergänzte: »Sein Rasierpinsel war nämlich knochentrocken.«

Sonja Tiekamp presste die Lippen aufeinander. Ihr war deutlich anzumerken, wie sehr sie sich über dieses Detail ärgerte. Sie atmete tief durch und murmelte: »Das war eigentlich keine Lüge. Es ist mir bloß unangenehm, mit einer Fremden über mein Privatleben zu sprechen. Bernd und ich hatten am Abend zuvor Streit, er stürmte aus dem Haus. Seitdem habe ich ihn nicht mehr gesehen.«

»Falls das wirklich so gewesen ist – warum haben Sie es mir verheimlicht?«

»Es erschien mir nebensächlich, es ging um eine Nichtigkeit – um einen Winzer, bei dem Bernd nicht mehr direkt bestellen wollte, obwohl die Qualität seiner Produkte unschlagbar ist.«

Antje konnte sich nicht vorstellen, dass der Weinhändler wegen so einem Anlass die Nacht außerhalb seines Hauses verbrachte. Vielmehr ging sie davon aus, von Sonja Tiekamp weiterhin verschaukelt zu werden. Doch sie ließ diesen Punkt erst einmal auf sich beruhen und zeigte der Verdächtigen ein Foto vom Gesicht des Toten. Sie hatte es mit ihrem Smartphone gemacht, bevor die Leiche abtransportiert worden war.

»Haben Sie diesen Mann schon einmal gesehen, Frau Tiekamp?«

»Nein, um Gottes willen! Was ist mit ihm? Ist er bewusstlos?«

»Er lebt nicht mehr. Wir haben ihn in der vergangenen Nacht beim Hammersee gefunden. Momentan müssen wir von einem Tötungsdelikt ausgehen.«

Zeigte Sonja Tiekamp unter ihrer Make-up-Maske eine Regung? Diese Frage konnte Antje unmöglich beantworten. Es dauerte einige Momente, bis die Weinhändlerin wieder den Mund öffnete: »Das bedaure ich. Diese Person habe ich trotzdem noch niemals zuvor gesehen.«

Die Kommissarin schüttelte den Kopf und erwiderte: »Ich glaube Ihnen nicht. Laut einem Zeugen hat genau dieser Mann gestern früh die Warensendung für Ihren Laden von der Fähre abgeholt. Sie haben mir die Weinkiste selbst gezeigt, also muss er entweder einen Schlüssel gehabt haben oder jemand öffnete ihm – also entweder Sie selbst oder Ihr Gatte.«

»Juist ist eine kleine Insel«, gab Roland zu bedenken. »Wir finden garantiert noch weitere Personen, die den Mann beim Betreten oder Verlassen Ihres Geschäfts gesehen haben.«

»Das ist alles ein schreckliches Missverständnis«, behauptete Sonja Tiekamp. »Bernd ist verschwunden, ein Fremder ist tot und Sie verdächtigen mich.«

Es kam Antje so vor, als ob die Weinhändlerin gern in Tränen ausgebrochen wäre. Doch sie gehörte offenbar nicht zu den Frauen, denen dies auf Kommando gelang. Antje ging nicht auf den Vorwurf ein. Stattdessen vergewisserte sie sich: »Sie bleiben also dabei, dass Ihr Ehemann am gestrigen Abend nach einem Streit Ihr Haus an der Billstraße verlassen hat?«

Sonja Tiekamp nickte.

»Wie kommt dann sein Smartphone in den Laden? Hat er es gestern hier liegen gelassen?«

Diese Bemerkung der Kommissarin erwischte die Ehefrau offenbar auf dem falschen Fuß. Die Antwort kam ihr nur stammelnd über die Lippen.

»Ich, äh, ich habe nicht darauf geachtet. Bernd benutzt sein Smartphone nicht häufig, er ist etwas altmodisch. Er wird es wohl wirklich vergessen haben.«

»Dürfen wir uns das Telefon näher anschauen?«, fragte Roland.

»Nein, damit bin ich keinesfalls einverstanden, Herr Witte! Unsere Daten sind privat und sollen es auch bleiben. Sie müssen nicht in unseren persönlichen Nachrichten herumschnüffeln, um meinen Mann zu finden.«

»Wie Sie wollen, dann besorgen wir uns eben einen Gerichtsbeschluss«, gab Antje ruhig zurück. »Aber kommen Sie nicht auf die Idee, das Smartphone verschwinden zu lassen. Dies könnte Ihnen als Behinderung der Justiz ausgelegt werden.«

»Ich bin hier das Opfer, aber Sie wollen mich zur Täterin machen!«

»Besonders kooperativ sind Sie jedenfalls nicht«, stellte der Kommissar trocken fest.

Die Weinhändlerin verschränkte die Arme vor der Brust und schaute zur Seite.

»Ich sage jetzt gar nichts mehr!«, zischte sie. In diesem Moment kam sie der Polizistin vor wie ein bockiges Kind.

»Wie Sie wünschen«, erwiderte Antje und wandte sich zum Gehen. »Wir kommen wieder, wenn wir einige offene Fragen geklärt haben.«

Die Polizistin wusste nicht, ob ihr letzter Satz sich für die Weinhändlerin wie eine Drohung anhörte. Jedenfalls zuckte Sonja Tiekamp zusammen, als ob sie einen Stromstoß abbekommen hätte.

»Die hat Fracksausen«, meinte Roland, nachdem die beiden das Geschäft verlassen hatten und außer Hörweite waren.

»Das ist mir auch aufgefallen, mein Lieber. Aber aus welchem Grund? Fürchtet sie sich vor uns, weil sie ein

Verbrechen begangen hat? Oder vor ihrem Gatten, der immer noch spurlos verschwunden ist? Oder sind weitere Personen im Spiel, von denen wir bisher noch nichts wissen?«

»Wir sollten zunächst den Namen des Mordopfers ermitteln«, schlug Roland vor. »Das kann doch nicht so schwer sein. Er ist entweder als Tourist oder als Arbeitnehmer nach Juist gekommen.«

»Ja, das sollten wir überprüfen«, sagte Antje. »Fragen wir doch gleich mal nach, ob er seine Töwercard schon eingesetzt hat.«

Diese Karte, mit der man den Gästebeitrag bezahlte, bekam jeder Besucher der Insel – egal, ob er mit der Fähre oder dem Flugzeug anreiste. Die Polizisten steuerten auf das Rathaus zu, in dem sich auch die Touristinformation befand. Eine weitere Zweigstelle gab es am Fährterminal. Antje hoffte, dass sie der Bürgermeisterin nicht schon wieder über den Weg laufen würde. Was hatte es zu bedeuten, dass Sonja Tiekamp am Vortag der Amtsträgerin ihr Leid geklagt hatte? Wäre eine Mörderin wirklich so dumm, zusätzliche Aufmerksamkeit auf sich zu ziehen? Noch gab es nicht den geringsten Beweis dafür, dass die Weinhändlerin – oder ihr Ehemann – etwas mit dem Tod des Unbekannten zu tun hatten. Allerdings trug Sonja Tiekamp durch ihr seltsames Verhalten und ihre offensichtliche Unruhe nicht dazu bei, den Verdacht von sich abzulenken. Die Kommissare betraten die große Eingangshalle des Rathauses und wandten sich der Touristinformation auf der linken Seite zu. Antje zeigte den Mitarbeiterinnen das Foto des Mordopfers, doch niemand erkannte den Mann. Das musste nichts zu bedeuten haben. Man konnte den Gästebeitrag auch an anderen Stellen auf der Insel zahlen, beispielsweise im TöwerVital-Erlebnisbad. Außerdem entrichteten manche Touristen ihren Beitrag erst am Abreisetag.

»Angenommen, der Unbekannte hat wirklich als Aushilfe oder Minijobber für das *Juist Wein Kontor* gearbeitet«, dachte Roland laut nach. Er fuhr fort: »In dem Fall müsste das Arbeitsverhältnis doch gemeldet sein, entweder bei der Minijobzentrale oder beim Finanzamt.«

Doch auch diese Spur führte ins Nichts. Die Polizisten erfuhren bei ihrer Behördenrecherche, dass Bernd Tiekamp seine Ehefrau ordnungsgemäß als Angestellte angemeldet hatte und ihr ein Gehalt zahlte. Weitere Mitarbeiter gab es nicht, jedenfalls nicht offiziell.

Für die Online-Abfrage waren Antje und Roland in die Polizeistation zurückgekehrt. Die Kommissarin lehnte sich in ihrem Bürostuhl zurück und sagte: »Ich kann mir nicht vorstellen, dass Tiekamp jemanden illegal beschäftigt, um ein paar Euro zu sparen. Das Risiko der Entdeckung ist auf so einer kleinen Insel viel zu groß.«

»Ich bin ganz deiner Meinung. Der Unbekannte hat die Kiste vom Fährhafen geholt, weil Tiekamp selbst dazu keine Gelegenheit mehr hatte. So stelle ich es mir jedenfalls vor.«

Antje hob die Augenbrauen und erwiderte: »Du denkst, dass auch der Weinhändler nicht mehr lebt? Ehrlich gesagt habe ich mir das auch schon überlegt.«

»Ja, weil es die einzig plausible Möglichkeit ist!«, gab Roland eifrig zurück. »Tiekamp soll altmodisch sein? Dass ich nicht lache! Bei den wenigen Gelegenheiten, wo er mir über den Weg gelaufen ist, hatte er stets sein Smartphone am Ohr und hat eifrig telefoniert. Schwer vorstellbar, dass er es irgendwo liegen lässt wie ein zerstreuter Professor. Übrigens: Die Geschichte mit dem abendlichen Streit klang für mich sehr ausgedacht, oder?«

»Ja, zumal die Ehefrau bei meinem ersten Besuch diesen Zwist mit keiner Silbe erwähnt hat«, sagte die Polizistin. »So etwas teilt man doch mit, wenn eine Person vermisst wird. Und selbst, wenn es stimmen würde: Wo hat Tiekamp dann die Nacht verbracht?«

Roland schlug vor: »Der junge Mann könnte Sonjas Geliebter sein. Immerhin gibt es einen großen Altersunterschied zwischen ihr und ihrem Gatten. Sie hat von Tiekamp die Nase voll und überredet ihren Freund, den Ehemann zu beseitigen. Als dies geschehen ist, gerät das mörderische Pärchen aus irgendwelchen Gründen aneinander. Vielleicht bekam Tiekamps Mörder kalte Füße und wollte sich bei der Polizei stellen. Das durfte natürlich nicht geschehen. Sonja erstach ihn im Affekt. Das würde auch erklären, warum sie so durch den Wind ist. Mörder, die keine Profikiller sind, kommen mit ihrer Schuld oft nicht gut zurecht, wie du weißt.«

»Deine Annahmen können stimmen, Roland. Wir müssen nur die Leiche des Weinhändlers finden und beweisen, dass der junge Mann ihn getötet hat. Wenn wir dann Sonja richtig unter Druck setzen …«

Antje unterbrach sich selbst, weil jemand klingelte. Eigentlich konnte man die Tür der Polizeiwache während der Dienstzeiten einfach aufdrücken, aber diese Tatsache war nur den Einheimischen bekannt. Die Kommissarin stand auf und öffnete.

Bernd Tiekamp stand vor ihr. Er war adrett und frisch rasiert, wie man es von ihm kannte.

»Guten Morgen, ich muss einen Mordversuch melden«, sagte der Weinhändler.

Kapitel 7

Die Polizistin benötigte einen Moment, um sich von der Überraschung zu erholen. Tiekamp wirkte weder verängstigt noch verwirrt. Seine Haltung war die eines Mannes, der zielstrebig und überlegt vorgeht – wenn ihn etwas schmerzte, begab er sich zum Arzt. Wenn er einen Wasserrohrbruch hatte, holte er einen Klempner. Und wenn er von einem Verbrechen erfuhr, suchte er die Polizei auf. Antje gab die Tür frei und machte eine einladende Bewegung.

»Moin, Herr Tiekamp. Nehmen Sie doch bitte Platz.« Sie deutete auf ihren Besucherstuhl. Tiekamp ging an ihr vorbei, wobei er den Duft eines teuren Rasierwassers verströmte. Sie fügte hinzu: »Kennen Sie bereits Kommissar Witte, meinen Kollegen? Mein Name ist Fedder, wie Sie schon bemerkt haben werden.« Sie deutete auf das Namensschild auf ihrer Uniformbluse.

Der Weinhändler nickte Roland zu und erwiderte: »Wir sind einander schon mehrfach im Ort begegnet. Als Kunden konnte ich Sie beide bisher leider nicht begrüßen. – Sie wissen wahrscheinlich, dass ich der Besitzer vom *Juist Wein Kontor* bin.«

»Das ist uns bewusst«, sagte Antje, »und übrigens bin ich gestern als Kundin bei Ihnen im Laden gewesen. Ihre Ehefrau machte einen sehr verwirrten Eindruck. Ich bekam von ihr schließlich die Aussage, dass Sie, Herr Tiekamp, spurlos verschwunden sind.«

Er stieß ein verächtlich klingendes Schnauben aus, als er die Erklärung der Kommissarin hörte.

»So, das war also Sonjas Ausrede? Nun, in gewisser Weise stimmt das sogar. Ich bin geflohen, um meine Tötung zu verhindern. Wenn ich nicht verschwunden wäre, könnte ich nicht heute hier bei Ihnen erscheinen, um den Mordversuch an mir selbst anzuzeigen.«

Roland kam zu Antje herüber und stellte sich neben sie. Er wollte den Weinhändler ebenfalls im Blickfeld haben.

»Bitte berichten Sie uns die Ereignisse aus Ihrer Perspektive«, schlug der Polizist vor.

»Ja, Herr Witte, das werde ich tun. Sie müssen sich ein umfassendes Bild der Lage machen. Und ich habe leider keinen Beweis für den Anschlag auf mich. Sonja wird alles abstreiten. – Ich hatte schon seit einiger Zeit den Eindruck, dass meine Frau mir etwas verheimlicht. Doch zu einer Ehe gehört Vertrauen, und wir haben immer gut miteinander harmoniert. Das war zumindest mein Eindruck, aber vielleicht hat Sonja mir immer nur eine Komödie vorgespielt.«

»Wie und wo lernten Sie Ihre Frau eigentlich kennen?«, wollte Antje wissen.

Tiekamp lächelte. Die Erinnerung ließ seine Gesichtszüge weich und nachgiebig erscheinen.

»Sonja kam als Kundin in meinen Laden. Mir gehörte damals noch eine Weinhandlung in meiner Heimatstadt Mainz. Dort herrscht kein Mangel an Fachgeschäften, die hochwertigen Rebensaft führen. Das ist Ihnen zweifellos bekannt. Es erschien mir also als ein Wink des Schicksals, dass diese attraktive Frau sich ausgerechnet zu mir verirrte. Der Weinhandel liegt mir buchstäblich im Blut, ich habe das Geschäft von meinem Vater geerbt, der es wiederum von meinem Großvater übernommen hat. Trotzdem – es gibt unzählige Geschäfte mit Qualitätsweinen in der Mainzer Region.«

Das haben wir allmählich kapiert, dachte Antje ungeduldig. Aber sie sagte sich, dass jedes Detail wichtig sein konnte. Tiekamp fuhr fort: »Ich umwarb Sonja, obwohl ich mir anfangs keine großen Hoffnungen machte. Immerhin bin ich ein reifer Mann, das gefällt nicht jeder jungen Frau. Doch nach einigen Monaten erwiderte sie meine Gefühle, und schon ein Jahr später läuteten für uns die Hochzeitsglocken. Ich glaubte, die Liebe meines Lebens gefunden zu haben.«

»Ich verstehe. Und wie kam es zu der Neueröffnung auf Juist? Wir sind hier ja sehr weit von allen deutschen Weinanbaugebieten entfernt.«

»Gerade deshalb wollte ich hier einen Neuanfang wagen, Frau Fedder. Außerdem reizte mich die Idee, auf dieser Insel der passionierten Teegenießer eine gehobene Weinkultur zu etablieren. Wenn ich es mir recht überlege, dann habe ich eigentlich nur meiner Frau einen Wunsch erfüllt. Sonja liebt die Nordsee, sie kommt gebürtig aus Husum. Sie schwärmte mir öfter davon vor, wie schön es wäre, ein Weingeschäft auf einer der nord- oder ostfriesischen Inseln zu gründen. Ich schaute mir die Marktlage genau an, und meine Wahl fiel schließlich auf Juist.«

Das klingt ja alles nach Friede, Freude, Eierkuchen, dachte Antje auf ihre norddeutsch-nüchterne Art. Sie fragte: »Und wann kam Ihnen der Verdacht, dass Ihre Gattin Ihnen nach dem Leben trachten könnte?«

»Seit einigen Wochen war Sonja wie ausgewechselt«, erklärte Tiekamp. »Kunden gegenüber bemühte sie sich, eine professionelle Fassade aufrechtzuerhalten. Doch ich merkte, wie sie zunehmend nervös und fahrig wurde. Es war, als ob ihr eine Gefahr im Nacken sitzen würde. Wenn ich sie darauf ansprach, zog sie meine Sorge ins Lächerliche und behauptete, dass ich die typischen Stimmungsschwankungen einer Frau nicht erkennen würde. Aber ich bin kein Jüngling mehr. Mit meiner ersten Frau verlebte ich über zwanzig glückliche Jahre, bevor Karin mir durch einen Verkehrsunfall genommen wurde. Ich will damit sagen, dass ich die Damenwelt gewiss besser einschätzen kann als ein alter Junggeselle, der die Gesellschaft von Herren vorzieht.«

»Kennen Sie denn inzwischen den Grund für die Unruhe Ihrer Gattin?«

»Allerdings, Herr Witte! Es hängt alles mit diesem jungen Mann zusammen, der in unser Leben getreten ist. Er heißt Fredo Brahe und ist angeblich ein Hobby-Vogelkundler.«

»Das ist auf Juist nicht ungewöhnlich, hier gibt es viele seltene gefiederte Freunde zu sehen«, gab Antje zu bedenken.

Der Weinhändler stieß ein Lachen aus, das eher wie ein Bellen klang. Er sagte: »Das mag sein, aber Brahe interessierte sich nur für ein *flatterhaftes Wesen* – ich spreche natürlich von Sonja. Ein oder zweimal kam er als angeblicher Kunde in den Laden. Ich merkte sofort, dass sich zwischen ihm und meiner Frau etwas anbahnte. Es war nur so eine vage Ahnung, können Sie das verstehen?«

Und ob, dachte die Kommissarin. Sie ließ sich bei Ermittlungen gelegentlich selbst von ihrem Bauchgefühl leiten, obwohl am Ende doch nur die harten Fakten zählten. Aber ihre Emotionen hatten ihr schon so manches Mal dabei geholfen, überhaupt erst die richtige Spur zu verfolgen.

»Ich denke schon. – Erzählen Sie doch weiter«, bat sie.

»Könnte ich bitte ein Glas Wasser bekommen? Meine Kehle ist schon ganz trocken.«

Roland ging hinüber in die kleine Teeküche des Wachlokals, um den Wunsch des Weinhändlers zu erfüllen. Die kleine Pause bot Antje die Gelegenheit, Tiekamps Besuch zu überdenken. Der Herr wirkte wie aus dem Ei gepellt. Er hatte gewiss nicht die Nacht im Freien verbracht. Die Polizistin hatte einen untrüglichen Sinn dafür, ob jemand frisch geduscht, rasiert und frisiert war. Falls er also nicht in seinem Haus genächtigt hatte – wo war er gewesen? In einem Hotel? Das wäre zumindest eine plausible Erklärung, denn es gab auf Juist genügend Übernachtungsmöglichkeiten. Aber warum war er nicht schon früher zur

Polizei gegangen? Die Kommissarin stellte diese Frage zurück, sie wollte zunächst etwas anderes wissen: »Woher kennen Sie den Namen dieses Mannes? Er wird sich Ihnen doch nicht vorgestellt haben, oder?«

»Doch, Frau Fedder. Genau das hat er getan. Brahe bestellte eine Kiste mit hochklassigem Chablis und bat darum, sie an seine Juister Urlaubsadresse zu liefern.« Der Weinhändler nannte eine Anschrift in der Gräfin-Theda-Straße. »Sonja erklärte sich sofort dazu bereit, ihm die Ware zu bringen. Was sollte ich dagegen tun? Wir hatten abgemacht, dass meine Frau solche Aufgaben übernehmen würde, falls sie anfielen. Ich war währenddessen im Laden für meine Kunden da. Doch meine Gedanken waren bei Sonja, das können Sie mir glauben. Der Gedanke, sie mit diesem Kerl allein zu wissen, verursachte mir Übelkeit.«

»Und wie erfuhren Sie von dem Mordkomplott?«, fragte Antje.

Tiekamp antwortete: »Als Sonja von ihrer Liefertour zurückkehrte, wusste ich Bescheid. Ich konnte ihr ansehen, dass sie mir fremdgegangen war. Aber ich spielte den Unwissenden. Es kam mir darauf an, Gewissheit zu erlangen. Nachdem wir an dem Tag Feierabend gemacht hatten und in unser Haus zurückgekehrt waren, täuschte ich Müdigkeit vor und ging früh zu Bett. Als meine Frau überzeugt war, dass ich schlief, schlich sie sich davon. Gewiss wollte sie zu ihrem Liebhaber. Da ich es genau wissen wollte, ging ich einige Zeit später zur Gräfin-Theda-Straße. Die beiden bemerkten mich gar nicht, als ich mich in der Dunkelheit dem Haus näherte. Sie turtelten auf dem Sofa im Wohnzimmer miteinander. Das konnte ich durch das Fenster genau sehen. Und da es in Kippstellung war, bekam ich auch ihr Gespräch in Teilen mit.«

Der Weinhändler trank noch einen Schluck Wasser, bevor er weitersprechen konnte. Während er zunächst frei von der

Leber weg geredet hatte, kamen seine Sätze nun zögerlich und stockend über seine Lippen: »Sonja schwärmte von Brahes maskuliner Art und behauptete, nur noch wegen der Weinhandlung bei mir zu sein. Daraufhin erwiderte dieser Kerl: ›Wenn der Alte stirbt, hast du das Geschäft, und du hast mich.‹. Meine Frau gab zu bedenken, dass ich bei guter Gesundheit wäre. Daraufhin kündigte Brahe an, mich schon sehr bald umbringen zu wollen und es wie einen Unfall aussehen zu lassen.«

Für einen Moment war es still in der Polizeiwache. Nur von draußen drangen das Kreischen der Möwen und das Heulen des Windes an die Ohren der Anwesenden. Aber diese Geräusche gehörten zur typischen Inselatmosphäre, sodass sie gar nicht weiter auffielen.

»Wann war das?«, wollte Roland wissen.

»Am Abend des vorgestrigen Tages, Herr Witte. Ich bekam Angst und schlich mich davon, bevor dieses saubere Pärchen mich vielleicht bemerkt hätte. Es war, als ob mir jemand mit einer Schaufel gegen die Stirn geschlagen hätte. Ich irrte eine Zeit lang ziellos durch den Ortskern. Ich konnte auf keinen Fall heimgehen, dort wäre ich nicht sicher gewesen. Schließlich stand ich vor dem *Hotel Teeklipper*. Dort war noch ein Zimmer frei, in das ich mich zurückzog. Ich benötigte Zeit zum Nachdenken.«

»Warum sind Sie nicht schon früher zu uns gekommen?«

»Das ist eine gute Frage, Frau Fedder. Es fällt mir nicht leicht, sie zu beantworten. Ich liebe Sonja immer noch, darin besteht das Hauptproblem. Doch sie hat nicht versucht, Brahe an seinen Mordplänen zu hindern. Zumindest hörte es sich nicht danach an, als ich die beiden belauschte. Und außerdem kann ich nichts von dem beweisen, was ich Ihnen soeben offenbart habe. Wenn Sie meine Frau auf Brahe ansprechen, wird sie ihn gewiss als einen ganz normalen Kunden beschreiben und jede intime Beziehung zu ihm leugnen. Soweit ich weiß, ist bereits die Ankündigung eines Verbrechens strafbar. Und Brahe wird gewiss seine Mordpläne nicht zugeben.«

Darauf erwiderte die Kommissarin zunächst nichts. Sie zog ihr Smartphone hervor und zeigte Tiekamp eines der Fotos, die sie vom Gesicht der Leiche gemacht hatte.

»Kennen Sie diesen Mann?«

»Ja, das ist Fredo Brahe!«, stieß der Weinhändler keuchend hervor. »Was ist mit ihm? Ist er …?«

»Die Person lebt nicht mehr, wir gehen momentan von einem Gewaltverbrechen aus«, erklärte Antje.

Kapitel 8

Tiekamp starrte sie an, als ob er einen Geist sehen würde.

»Sie … Sie glauben doch wohl nicht, dass ich etwas mit seinem Tod zu tun habe?«

»Haben Sie?«, hakte Roland nach.

»Selbstverständlich nicht, Herr Witte! Ich bin doch kein Mörder!«

»Noch wissen wir nicht, was sich wirklich abgespielt hat. Vielleicht hat Brahe Sie überrumpelt, und Sie mussten sich Ihrer Haut wehren. Dann könnte man von einer Notwehrlage ausgehen – obwohl es in dem Fall hilfreich gewesen wäre, sofort nach dem Tod des Angreifers die Polizei zu verständigen.«

Der Weinhändler lauschte Antjes Erläuterungen. Sie war allerdings nicht sicher, ob er sie verstand. Tiekamp rutschte auf seinem Stuhl hin und her. Wenn er auf Brennnesseln gesessen hätte, wäre es nicht schlimmer gewesen. Er begann damit, an seinem Ehering zu drehen. Und sein Blick irrlichterte durch den Raum, als ob er einen frei fliegenden Vogel nicht aus den Augen verlieren wollte.

»Nein, das ist nicht passiert. Ich würde ganz bestimmt nicht nach Einbruch der Dunkelheit allein am Hammersee spazieren gehen!«, beteuerte er.

Antje hatte mit keiner Silbe erwähnt, wo die Leiche gefunden worden war. Sie hatte sich bereits damit abgefunden, von Sonja Tiekamp angelogen zu werden. Wie es nun aussah, nahmen beide Ehepartner es mit der Wahrheit nicht so genau. Roland öffnete bereits den Mund, natürlich war ihm diese Ungereimtheit auch aufgefallen. Die Kommissarin schüttelte kaum merklich den Kopf. Sie wollte Tiekamp zunächst in dem Glauben lassen, dass er den Ermittlern einen Bären aufbinden konnte.

»Vermissen Sie eigentlich Ihr Smartphone gar nicht?«, fragte Antje betont beiläufig. Sie wollte herausfinden, ob der Weinhändler eine plausible Erklärung parat hatte. Falls seine Schilderung der Ereignisse nämlich stimmte, hatte er das *Juist Wein Kontor* schon seit zwei Tagen nicht mehr betreten. Es schien schwer vorstellbar, dass er in der heutigen Zeit so lange ohne sein Handy ausgekommen war.

»Ich muss gestehen, dass ich mir darüber keine Gedanken gemacht habe, Frau Fedder. Das Mordkomplott gegen mich hat mich so geschockt, dass mir viele Alltagsdinge plötzlich nebensächlich erschienen.«

Und trotzdem sitzt du mit gebügeltem Hemd und frisch rasiert vor mir, sagte die Polizistin in Gedanken zu ihm. Sie verkniff es sich für den Moment, Tiekamp nach seinem Alibi zu befragen. Noch stand ja Brahes Todeszeitpunkt gar nicht fest.

»Wann werden Sie meine Frau verhaften?«, wollte der Weinhändler wissen. »Solange sie auf freiem Fuß ist, fühle ich mich weder in meinem Geschäft noch in meinem Haus sicher.«

»Wir werden gewiss noch einmal mit Ihrer Gattin sprechen«, begann Antje, doch Tiekamp fiel ihr ins Wort: »Reicht es Ihnen nicht, dass Sonja an einer Verschwörung gegen mich beteiligt ist? Wenn sie unschuldig wäre, hätte sie den geplanten Mord doch bei Ihnen zur Anzeige bringen müssen, oder?«

»Momentan ist nur eine Person gewaltsam ums Leben gekommen, nämlich der Mann, den Sie Fredo Brahe nennen«, stellte Roland unmissverständlich klar.

Tiekamp erhob sich und sagte: »Oh, ich verstehe! Muss ich erst umgebracht werden, bevor Sie meinen Worten glauben?«

»Niemand hat Sie der Lüge bezichtigt.«

»Nicht direkt, Frau Fedder, nicht direkt! Wahrscheinlich haben auch Sie beide sich von Sonjas Unschuldsmiene aufs Glatteis führen lassen.«

Der Weinhändler bemühte sich offensichtlich, energisch und empört zu wirken. Und doch kam es der Kommissarin so vor, als ob er eine bereits im Voraus einstudierte Rolle zum Besten gab. Dachte er wirklich, die Beamten mit so einer Schmierenkomödie täuschen zu können?

»Wir werden den geplanten Mord an Ihnen keineswegs unter den Teppich kehren oder nicht ernst nehmen«, erklärte Antje mit Nachdruck. »Für den Moment benötigen wir einfach mehr Fakten. Wir bitten Sie, sich zu unserer Verfügung zu halten.«

»Wie Sie meinen. Ich bin im *Hotel Teeklipper*, falls Sie weitere Fragen an mich haben. Dort fühle ich mich wenigstens halbwegs sicher.«

Mit diesen Worten stolzierte Tiekamp mit hoch erhobenem Kinn hinaus. Roland blickte ihm kopfschüttelnd nach und murmelte: »Geht es nur mir so oder kommst du dir auch vor wie in einem schlechten Film? Eine Dreiecksbeziehung, die tödlich endet – aber völlig anders als ursprünglich geplant?«

»Die Eheleute sind jedenfalls beide mit Vorsicht zu genießen«, stellte Antje trocken fest. »Sowohl sie als auch er haben uns angelogen, und deshalb dürfen wir ihnen erst einmal gar nichts glauben. Wir sollten besser selbst herausfinden, was wirklich geschehen ist. – Lass uns parallel tätig werden, sonst verlieren wir zu viel Zeit. Gehst du zu Sonja Tiekamp und holst die Dame zu einer dringenden Befragung hierher? Es wird sie gewiss interessieren, dass ihr angeblich verschwundener Gatte wieder aufgetaucht ist. Und ich fahre währenddessen zu der Adresse, wo Tiekamp seine untreue Frau und ihren Liebhaber gesehen haben will. Vielleicht finden sich dort Spuren, denen man mehr trauen kann als den Aussagen des Weinhändlerpaares.«

»Ja, einverstanden. Ich bin gespannt, wie Sonja Tiekamp auf die Neuigkeiten reagiert«, erwiderte der Kommissar. Er setzte seine Dienstmütze auf, zog seine Uniformjacke an und verließ die Polizeistation Richtung Strandstraße.

Auch Antje machte sich auf den Weg. Während sie zur Gräfin-Theda-Straße radelte, ließ sie den Fall in Gedanken noch einmal Revue passieren. Fest stand nur, dass Fredo Brahe mit einem Bajonett getötet worden war, dessen metallene Scheide in seinem Hosenbund steckte. Vermutlich hatte er selbst die Waffe mit sich geführt. Es war ein ungewöhnliches Werkzeug, um einen Menschen ins Jenseits zu befördern – jedenfalls in Friedenszeiten. Gab es eine Verbindung des Opfers zur Bundeswehr oder einer anderen Armee? Andererseits gab es Militaria-Sammler, die selbst nie Wehrdienst geleistet hatten, aber Gegenstände aus dem Armeeleben erwarben, vom blechernen Essgeschirr bis zum Orden. Zweifellos war das Bajonett ein vielversprechender Ermittlungsansatz.

Antje erreichte das Ferienhaus, in dem sich laut Tiekamps Angaben Fredo Brahe einquartiert hatte. An der Vorderfront stand ein Schild mit der Aufschrift FERIENHAUS FREI. Die Polizistin lehnte ihr Fahrrad gegen die niedrige Natursteinmauer, von der das Grundstück umfriedet wurde. Sie hatte sich schon darauf eingestellt, dass Tiekamp zumindest nicht die ganze Wahrheit gesagt hatte. Dennoch musste sie sich Gewissheit verschaffen. Sie umrundete das Haus und schaute durch das Fenster in den Wohnraum. Falls Brahe die Möbel nicht verstellt hatte, konnte man von ihrer Position aus unmöglich die Couch sehen, auf der die untreue Ehefrau und ihr Liebhaber angeblich geturtelt hatten. Die Polizistin runzelte die Stirn. War es überhaupt möglich, vom Garten aus jemanden im Wohnraum zu belauschen? Sie griff zum Smartphone und rief den Besitzer der Immobilie an.

»Moin, Antje. Was kann ich für dich tun?«

Jannis Dekker war ein alteingesessener Juister. Er wusste natürlich, mit wem er es zu tun hatte, wenn auf seinem Display die Information POLIZEI JUIST RUFT AN erschien.

»Jannis, ist dein Ferienhaus in der Gräfin-Theda-Straße aktuell vermietet?«

»Nee, das steht leider ein paar Tage leer. Aber am Freitag kommt ein Ehepaar aus Leverkusen, um zwei Wochen lang dort zu bleiben. – Wieso, hat jemand eingebrochen?«

»Ich bin vor Ort und kann keinen Schaden feststellen«, gab Antje beruhigend zurück. »Könntest du trotzdem mal eben kurz vorbeikommen und mir aufschließen? Ich will mich nur vergewissern, ob im Haus alles in Ordnung ist.«

»Ja, ich mache mich gleich auf die Socken.«

Mit diesen Worten beendete der Vermieter das Telefonat. Während Antje auf ihn wartete, rätselte sie über Tiekamps Verhalten. Hatte er wirklich geglaubt, dass die Polizei seine Angaben nicht überprüfen würde? Und was versprach er sich von seiner Geschichte, die offenbar hinten und vorn nicht stimmte? War er Brahes Mörder, der durch Täuschungsmanöver von sich selbst abzulenken versuchte?

Die Kommissarin erinnerte sich an den Moment, als sie Sonja Tiekamp im Laden begegnet war. Das Erschrecken der Ehefrau schien echt zu sein. Wenn sie wirklich in ein Mordkomplott verwickelt war, dann musste sie der Anblick einer Polizeiuniform nervös machen. Zumindest, wenn sie keine abgebrühte Gewohnheitsverbrecherin war. Oder gab es einen Grund für die Unruhe dieser Frau, den Antje noch nicht erkannt hatte? Es war ja auch denkbar, dass Tiekamp wirklich ohne ein Wort der Erklärung verschwunden war – um mit dem Liebhaber seiner Gattin abzurechnen! Diese Möglichkeit erschien der Polizistin zumindest vorstellbar. Aber warum hatte Tiekamp sich nicht einfach auf Notwehr berufen, nachdem er Brahe getötet hatte? Das Bajonett schien ja dem jungen Mann gehört zu haben. Tatzeugen gab es vermutlich nicht. Und wenn der Weinhändler sich auch vor Gericht als vertrauenerweckender Geschäftsmann präsentierte, standen seine Chancen auf Freispruch vermutlich gut. Antje bemerkte selbst, dass ihr immer noch zu viele Hintergrundinformationen über das Ehepaar und den mutmaßlichen Liebhaber fehlten. Es dauerte nicht lang, bis der Vermieter auf seinem museumsreifen Hollandrad näher kam.

Jannis Dekker war ein grauhaariger Mann in den Sechzigern, der wegen eines Hüftleidens Rente bezog. Er lebte zusammen mit seiner Mutter in einem kleinen Friesenhaus im Loog, dem zweiten Ortsteil von Juist. Die Ferienimmobilie in der Gräfin-Theda-Straße hatte Dekker von einem Großonkel geerbt. Da er und seine Mutter nur jeweils eine kleine Rente bezogen, waren die Einnahmen aus der Vermietung eine wichtige Geldquelle. Insofern war es für Dekker gewiss hart, dass sein Haus momentan für einige Tage leer stand und keinen Euro einbrachte.

»Moin, Antje«, sagte er mit einem freundlichen Lächeln und gab ihr seine große Hafenarbeiterhand. Dekker war braungebrannt, wie man es bei vielen Insulanern sah, die sich oft im Freien aufhielten. Eine Mütze von der Art, die »Elbsegler« genannt wird, saß schief auf seinem Kopf. Ansonsten war er mit einem dunkelblauen Troyer und einer Cordhose bekleidet. Und er roch wie üblich nach billigem holländischem Drehtabak. Als Kind hatte Antje ihn deshalb »Stinkemann« genannt. Sie hoffte, dass er sich daran nicht mehr erinnerte.

»Moin, Jannis. – Im Rahmen einer Ermittlung hat jemand dein Ferienhaus als aktuelle Adresse benannt. Vermutlich war die Information falsch, aber wir müssen der Sache natürlich nachgehen.«

Der Graukopf nickte.

»Nicht, dass sich jemand bei mir eingenistet hat«, meinte er mit einem besorgten Unterton in der Stimme, während er aufschloss.

Antje warf zunächst einen prüfenden Blick auf die Haustür. Sie konnte keine Einbruchspuren feststellen, aber natürlich konnte ein Eindringling auch durch ein Fenster ins Innere gelangt sein. Dekker wollte vorgehen, aber sie hielt ihn zurück.

»Lass mich zunächst die Lage peilen, Jannis.«

Im Flur roch es nach einem scharfen Putzmittel auf Salmiakbasis. Nach dem Auszug der jeweils letzten Feriengäste wurden alle Häuser und Wohnungen auf der Insel einer gründlichen Endreinigung unterzogen. Daher wunderte Antje sich nicht über diesen Duft. Sie ging ins Wohnzimmer, das gemütlich, aber auch etwas altmodisch eingerichtet war. Dekker hatte vermutlich kein Geld übrig, um neue Möbel anzuschaffen. Auch der Fernseher hatte schon bessere Zeiten gesehen. Heutzutage gab es in den meisten Urlaubsunterkünften nur noch Flachbild-TV, während hier noch ein altes Röhrengerät auf einem Schränkchen stand. Doch diese Details registrierte die Kommissarin nur am Rande. Für sie war entscheidend, ob jemand aktuell dieses Gebäude bewohnte.

Und darauf deutete absolut nichts hin.

Die Betten in den beiden Schlafzimmern waren gemacht und mit sauberen Bezügen versehen, wie sie wenig später feststellte. In der Küche suchte sie vergebens nach benutzten Tassen und Tellern. Auch in der Spülmaschine konnte sie kein Geschirr finden. Der Vermieter war ihr gefolgt.

»Sieht nicht so aus, als ob hier jemand wohnen würde«, stellte er mit unverkennbarer Erleichterung in der Stimme fest.

»Nee, ich bin wohl verschaukelt worden. – Tut mir leid, dass du extra herkommen musstest.«

»Das ist nicht schlimm.«

»Ich danke dir jedenfalls für deine Hilfe – und grüß deine Mutter von mir.«

Nachdem sie sich verabschiedet hatte, fuhr Antje wieder zur Polizeistation zurück. Sie konnte es kaum erwarten, sich Tiekamp vorzuknöpfen. Doch zunächst würden sie und ihr Kollege sich mit der Ehefrau des Weinhändlers befassen. Auch sie spielte nicht mit offenen Karten, darüber machte sich die Kommissarin keine Illusionen.

Kapitel 9

Als Antje das Wachlokal betrat, war Sonja Tiekamp bereits anwesend. Sie hatte auf Rolands Besucherstuhl Platz genommen und keifte sofort los: »Da sind Sie ja endlich, Frau Fedder! Ist Ihnen und Ihrem Kollegen eigentlich klar, dass ich mitten am Tag mein Geschäft schließen musste? Den Verdienstausfall werde ich Ihnen in Rechnung stellen!«

»Das können Sie gern versuchen«, gab Antje unbeeindruckt zurück. »Herr Witte hat Sie gewiss schon darüber informiert, dass es sich inzwischen um einen Mordfall handelt, in den Sie verwickelt sind. Und es ist nicht besonders weise, die Polizei anzulügen.«

Roland ergänzte: »Ich habe Ihnen ja schon auf dem Weg hierher erklärt, dass Ihr Ehemann lebt. Und er sagt aus, dass der Name des Mordopfers Fredo Brahe lautet. Er hält Brahe für Ihren Geliebten.«

Sonja Tiekamp lachte, aber es hörte sich sehr gekünstelt an.

»Bernd ist krankhaft eifersüchtig, darauf dürfen Sie nichts geben. Vielleicht bleibt das nicht aus, wenn ein Mann im reifen Alter eine junge attraktive Frau heiratet.«

Die ist ja sehr von sich selbst überzeugt, dachte Antje. Sie sagte: »Ich weise Sie darauf hin, dass wir Sie heute als Beschuldigte in einem Strafverfahren vernehmen. Sie stehen im Verdacht, Fredo Brahe entweder selbst getötet zu haben oder an der Tat beteiligt gewesen zu sein. Sie müssen sich nicht selbst belasten und haben das Recht, sich durch einen Rechtsanwalt vertreten zu lassen.«

Während die Kommissarin diese Erklärungen abgab, beobachtete sie die Verdächtige. Sonja Tiekamp wirkte gereizt, aber nicht mehr so ängstlich wie bei der ersten Begegnung im Weinladen. Hatte sie sich tatsächlich Sorgen um ihren Ehemann gemacht? Oder war sie inzwischen erleichtert über Brahes Tod? Hatte dieser Mann vielleicht eine Bedrohung dargestellt?

»Ich habe mir nichts vorzuwerfen«, behauptete Sonja Tiekamp. »Und ich bleibe dabei, dass ich den Toten nicht kenne. Den Namen Brahe höre ich jetzt zum ersten Mal.«

Sie erklärte sich damit einverstanden, dass die Polizisten das Verhör als Audiodatei aufzeichneten. Nachdem dies geklärt war, fragte Antje: »Was ist denn nun wirklich an dem Abend geschehen, als Ihr Gatte angeblich nach dem Streit verschwand?«

»Es gab keine Auseinandersetzung zwischen uns. In Wahrheit erhielt Bernd einen Anruf auf seinem Smartphone. Daraufhin wurde er wütend und stürmte ohne eine Erklärung aus dem Haus. Natürlich versuchte ich, ihn auf dem Mobilgerät zu erreichen. Aber es ging immer nur die Mailbox an. Ich verbrachte eine schlaflose Nacht, wie Sie sich denken können. Als ich am nächsten Morgen das Geschäft aufschloss, lag das Telefon meines Mannes dort. Und jemand musste die Warensendung vom Hafen geholt haben. Deshalb nahm ich an, dass er es gewesen sei.«

»Warum haben Sie das nicht gleich gesagt?«, wollte Antje wissen.

Sonja Tiekamp antwortete nicht sofort. Nach einer Weile öffnete sie aber doch den Mund: »Ich fürchtete, dass mein Mann in dunkle Geschäfte verwickelt sein könnte.«

Antjes Interesse war geweckt. Und sie bemerkte, dass auch Roland aufhorchte. Sie musste an die Listen mit kyrillischen Buchstaben denken, die sie halb verbrannt im Kamin gefunden hatten.

»Reden Sie bitte weiter«, forderte die Kommissarin.

Zögernd begann Sonja Tiekamp: »Es ist nicht so leicht, einen Weinladen auf Juist zu etablieren. Ganzjährig wohnen einfach zu wenige Menschen auf der Insel, die als Kunden infrage kommen. Wir müssen also auf das Saisongeschäft setzen. Und das *Juist Wein Kontor* schreibt noch keine schwarzen Zahlen. Wir müssen uns immer tiefer verschulden, um weitere Warenbestände bestellen zu können. Ich fürchte, dass Bernd sich finanziell übernommen hat. Er gesteht es mir gegenüber allerdings nicht ein.«

»Viele Menschen haben Schulden, ohne deshalb gleich mit dem Verbrechen in Kontakt zu kommen«, gab Roland zu bedenken.

Die Weinhändlerin blickte dem Kommissar direkt ins Gesicht.

»Das ist zweifellos richtig, Herr Witte. Aber mein Mann handelt nach dem Motto: Nicht kleckern, sondern klotzen. Er bestellt also im Zweifelsfall auch hochwertige Weine, die unser Lager füllen, aber von denen wir lange Zeit keine einzige Flasche verkaufen können.«

»Wo ist die Verbindung zu Fredo Brahe?«, fragte Antje direkt.

Sonja Tiekamp senkte die Stimme – so, als ob sie in der Polizeistation von Außenstehenden belauscht werden könnte.

»Ich glaube, dass dies gar nicht sein richtiger Name ist, Frau Fedder. Jedenfalls hörte ich, wie Bernd einmal mit ihm sprach. Er sagte wörtlich: ›Dein Chef wird sein Geld schon noch kriegen, Sergej. Ein Tiekamp hält sein Wort.‹«

»So redete Ihr Gatte ihn an? Mit dem Vornamen Sergej?«, hakte die Kommissarin nach. Erneut kamen ihr die halb verbrannten Listen in den Sinn. Hatte Tiekamp versucht, Beweismaterial zu vernichten? Oder hatte das spätere Mordopfer selbst das Kaminfeuer entzündet, um Hinweise zu beseitigen?«

Antje schüttelte den Kopf und sagte: »Mir ist immer noch nicht klar, aus welchem Grund Sie uns nicht von Anfang an die Wahrheit gesagt haben.«

Die Weinhändlerin senkte den Kopf.

»Das war ein großer Fehler«, beteuerte sie. »Ich habe mich geschämt. Ehrlich gesagt fürchte ich, dass Bernd sich mit Kredithaien eingelassen hat. Dieser Sergej ist ganz bestimmt nicht mein Liebhaber. So einen Kerl würde ich noch nicht einmal mit der Kneifzange anfassen. Ich weiß nicht, was Sie von mir denken, aber ich bin meinem Mann immer treu gewesen. Es war ein Fehler, diesen Weinladen auf Juist etablieren zu wollen. Wenn wir in Mainz geblieben wären, hätten wir uns diesen ganzen Schlamassel erspart.«

Die Polizistin stellte eine direkte Frage: »Haben Sie Sergej getötet?«

Sonja Tiekamp schien eher überrascht als geschockt zu sein, als sie antwortete: »Nein, das habe ich nicht getan. Für mich ist es ein eigenartiges Kompliment, dass Sie mir eine solche Tat zutrauen. Ich fürchte mich vor gewalttätigen Männern, deshalb fühle ich mich auch so zu Bernd hingezogen. Reifere Herren haben meist ein ruhigeres Temperament, man kann als Frau besser mit ihnen auskommen.«

Antje führte sich vor Augen, dass Tiekamp den Auffindeort der Leiche zumindest ungefähr gekannt hatte. So gesehen war er momentan verdächtiger als seine Frau. Doch bevor die Identität des Mordopfers nicht hundertprozentig geklärt war, mussten einige weitere Fragen noch offenbleiben.

»Hat Ihr Gatte denn gar nicht mit Ihnen über seine Geldsorgen gesprochen?«, versuchte Roland in Erfahrung zu bringen.

Sonja Tiekamp zuckte mit den Schultern: »Nein, nicht wirklich. Bernd wollte immer alle Schwierigkeiten von mir fernhalten. Natürlich bekam ich mit, dass sich kaum eine Kundin oder ein Kunde in unseren Laden verirrte. Aber mein Mann bezeichnete diesen Zustand nur als eine Anlaufschwierigkeit, die sich überwinden ließ. Er vertraute darauf, einen langen Atem zu haben. Aber dafür ist nun einmal Geld nötig.«

Die Kommissarin sagte: »Ich will noch einmal auf den Vormittag zurückkommen, an dem ich das *Juist Wein Kontor* betrat. Durch einen Zeugen wissen wir, dass Brahe alias Sergej die Kiste vom Fährhafen geholt hat. War Ihnen diese Tatsache also nicht bekannt?«

»Nein, das müssen Sie mir glauben. In der Hinsicht habe ich nicht gelogen. Bernd kam nachts nicht nach Hause. Ich konnte vor lauter Sorge kaum schlafen. In meiner Fantasie malte ich mir aus, was dieser Sergej meinem Mann angetan haben könnte. Wenn ich Bernd anrief, sprang immer nur seine Mailbox an. Als ich dann den Laden betrat, stellte ich fest, dass nicht abgeschlossen war. Hoffnung keimte in mir auf. Doch ich fand nur diesen verdammten Wein, den wir bestellt hatten – und außerdem Bernds Telefon. Ich war also ziemlich durcheinander, als Sie zu mir kamen, Frau Fedder.«

»Das ist mir nicht entgangen«, erwiderte die Kommissarin. Natürlich wäre es besser gewesen, wenn die Weinhändlerin sofort die Polizei verständigt hätte. Doch Antje wusste dank ihrer Berufserfahrung, dass Menschen in Ausnahmesituationen oft nicht überlegt oder rational handelten. Vielleicht war die Angst vor Sergej größer gewesen als alle anderen Empfindungen oder Gedanken. Doch warum hatte Tiekamp versucht, den Beamten gegenüber den Toten als den Geliebten seiner Frau auszugeben? Dafür konnte es nur eine einleuchtende Erklärung geben: Der Weinhändler wollte seine eigene Verbindung zum organisierten Verbrechen verschleiern. Vielleicht hoffte er sogar, dass »Brahes« wahre Identität nicht zum Vorschein kommen würde. Immer vorausgesetzt, dass es sich bei dem Toten wirklich um den Handlanger eines osteuropäischen Kredithais handelte.

»Ihr Mann scheint davon überzeugt zu sein, dass Sie und Brahe/Sergej zusammen ein Mordkomplott gegen ihn eingefädelt haben«, teilte Roland der Weinhändlerin mit.

Auf ihren Lippen erschien ein trauriges Lächeln.

»Das ist kompletter Unsinn, Herr Witte. Ich kann mir diese Reaktion nur damit erklären, dass er seine eigene Geschäftsbeziehung zu dem Toten verschleiern wollte. Sie müssen Nachsicht mit meinem Mann haben. Es ist in seinem Alter nicht einfach, noch einmal komplett von vorn anzufangen. Er sah seine Felle davonschwimmen und musste eine Lösung finden.«

Das Telefon klingelte. Roland nahm den Anruf an, meldete sich mit Namen und Dienstgrad. Das Gespräch dauerte nur kurz: »Ah, das ist erfreulich. – Wir sind dankbar für die schnelle Antwort. Das Dokument kommt also per Fax? Sehr gut, tschüss.«

Er legte den Hörer auf. Antje schaute ihn fragend an. Und auch Sonja Tiekamp schien sich dafür zu interessieren, mit wem er gesprochen hatte.

»Es gibt jetzt eine richterliche Anordnung, um das Smartphone Ihres Mannes zu untersuchen«, teilte der Kommissar der Weinhändlerin mit. »Vertrauen Sie auf mein Wort oder wollen Sie warten, bis uns das Schriftstück vorliegt? Wir werden es innerhalb der nächsten Stunde erhalten.«

Sonja Tiekamp gab einen langen Seufzer von sich und erwiderte: »Ich hatte gehofft, Bernds Verbindung zu diesen schrecklichen Leuten vor Ihnen verbergen zu können. Das ist naiv von mir gewesen. Es hat keinen Sinn, dass ich mich noch länger sträube. Ich kann Ihnen auch das Passwort geben, ohne dies nützt Ihnen das Telefon nicht viel.«

Damit hatte sie zweifellos recht. Zwar hätten die Polizisten das Gerät auch mithilfe von Kriminaltechnikern auf dem Festland entsperren können, aber diese Möglichkeit hätte viel mehr Zeit in Anspruch genommen. Da die Befragung ohnehin vorerst beendet war, begleitete Roland die Weinhändlerin zu ihrem Laden, um das Smartphone zu holen. Antje tippte inzwischen das Verhörprotokoll ab. Als sie damit fast fertig war, kehrte ihr Kollege zurück. Er hielt triumphierend das Gerät hoch.

»Ich bin gespannt, was der Datenspeicher uns offenbart, Antje.«

»Du kannst dich ja schon mal damit befassen, mein Bester. Ich muss noch ein paar Zeilen schreiben, dann drucke ich das Dokument aus.«

Roland nickte, ließ sich auf seinen Schreibtischstuhl fallen und vertiefte sich in die Informationen, die das Telefon beinhaltete. Es dauerte nicht lange, bis er einen schrillen Pfiff ausstieß. Das Geräusch war so dissonant, dass es Antje zusammenzucken ließ: »Jetzt habe ich mich richtig erschrocken! Es klingt so, als ob du etwas Wichtiges entdeckt hättest.«

»Das kann man wohl sagen! Hier ist eine Textnachricht, abgeschickt von einer unbekannten Nummer. Tiekamp hat sie an dem Abend erhalten, als er angeblich den Streit mit seiner Frau hatte und weglief. Der Inhalt ist eindeutig: ›Treffen heute um Mitternacht bei der Plattform am Hammersee. Wenn du das Geld nicht bringst, breche ich dir alle Finger.‹«

Kapitel 10

Antje nahm die Hände von der Tastatur und schaute ihren Kollegen an.

»Das nenne ich mal eine unmissverständliche Botschaft«, meinte sie.

Roland sagte: »Ich werde versuchen, der unbekannten Mobilnummer ihren Besitzer zuzuordnen. Für mich sieht die Zahlenfolge allerdings nach einem Prepaid-Handy aus, wie man es in Holland kaufen kann. Es scheint so, als ob die noble Dame diesmal die Wahrheit gesagt hat, oder? Brahe alias Sergej arbeitet für einen Kredithai. Tiekamp ist mit seinen Raten in Verzug. Der Kriminelle schickt ihm eine Drohung, woraufhin der Weinhändler sein Haus verlässt. Er trifft sich mit dem Schurken am verabredeten Ort, aber er hat das Geld nicht. Es kommt zum Streit. Irgendwie gelingt es Tiekamp, an das Bajonett seines Widersachers zu gelangen. Sie kämpfen, und der Weinhändler ersticht seinen Gegner.«

Die Kommissarin lehnte sich in ihrem Bürostuhl zurück und verschränkte die Arme vor der Brust. Sie sagte: »Ja, so könnte es sich abgespielt haben. Das Obduktionsergebnis steht ja noch aus. Wenn du richtigliegst, müsste Brahe um Mitternacht oder danach ums Leben gekommen sein.«

»Apropos: Wir haben noch gar nicht versucht, die Identität des Toten zu überprüfen«, stellte ihr Kollege fest. Er ließ den Namen Fredo Brahe durch die POLAS-Datenbanken laufen und berichtete: »Ich finde nur einen Artur Brahe, einen alten Einbrecher aus Leverkusen. Ansonsten scheint es keinen Brahe zu geben, der bisher mit dem Gesetz in Konflikt geraten ist. Falls der Name erfunden ist, wundert mich das nicht.«

»Die Spezialisten im gerichtsmedizinischen Institut werden routinemäßig die Fingerabdrücke abgleichen«, erinnerte

Antje. »Falls der Mann wirklich Sergej heißt und schon mal verhaftet wurde, werden wir seine wahre Identität früher oder später erfahren.«

»Früher wäre mir lieber«, scherzte Roland. Er fügte hinzu: »Machen wir Tiekamp jetzt mit unseren neuen Erkenntnissen die Hölle heiß?«

»Und ob, mein Lieber! Die Geschichte mit der Affäre seiner Frau scheint ja von vorn bis hinten erstunken und erlogen zu sein. Außerdem: Selbst *wenn* Sonja mit Brahe fremdgegangen wäre, wäre das noch keine Erklärung für die halbverbrannten Listen im Kamin.«

Roland ergänzte: »Diese würden wiederum bestens zu der Kredithai-Geschichte passen.«

Die beiden verließen die Polizeistation, schlossen ab und fuhren zum *Hotel Teeklipper* hinüber. Es handelte sich um einen der ältesten Beherbergungsbetriebe der kleinen Insel. Das Familienunternehmen bestand bereits in der dritten Generation. Roland lehnte sein Fahrrad gegen die Außenwand und blickte an der Rotziegelfassade hoch.

»Teeklipper – was soll das überhaupt bedeuten?«

»Diese Frage beweist, dass du ein Süßwassermatrose bist«, erwiderte Antje augenzwinkernd. »Im 19. Jahrhundert lieferten sich schnelle und schnittige Segelschiffe mit Teeladung regelrechte Wettrennen auf der Route vom Fernen Osten bis nach London. Der Sieger bekam nämlich nicht nur eine Prämie, sondern auch hohe Frachtraten. Nicht nur wir Ostfriesen haben uns unseren Teedurst immer schon etwas kosten lassen. Und diese Schiffe wurden Teeklipper genannt.«

»Deine Antwort beweist, dass du eine waschechte Tochter eines Seemanns bist«, gab der Kommissar lächelnd zurück.

Sie betraten die holzgetäfelte Hotelhalle. Mit etwas Fantasie konnte man sich hier an Bord eines Segelschiffs versetzt fühlen, wie Antje fand. Die Wände wurden von

Gemälden geschmückt, die Szenen vom Walfang und von Seenotrettungsaktionen zeigten. Fischernetze und nautische Instrumente aus Messing dienten ebenfalls der Dekoration. Und die junge Rezeptionistin trug eine blütenweiße Matrosenbluse mit blauem Kragen. Laut ihrem Namensschild hieß sie Thea. Antje kannte sie nicht, vermutlich handelte es sich um eine Saisonkraft.

»Moin, was können wir für Sie tun?«, fragte Thea mit einem freundlichen Lächeln. Die Kommissarin zeigte ihren Dienstausweis, außerdem stellte sie Roland und sich selbst vor. Dann sagte sie: »Wir müssen mit Herrn Tiekamp sprechen.«

»Herr Tiekamp ist ausgegangen«, lautete die Erwiderung. Dann senkte die Rezeptionistin die Stimme und fügte hinzu: »Aber die Dame, mit der er sich hier trifft, sitzt noch im Frühstücksraum.«

*

War also nicht Sonja Tiekamp, sondern ihr Ehemann untreu geworden? Antje musste mehr erfahren: »Wie heißt die Person?«

Thea zögerte. Die Kommissarin legte nach: »Wir erfahren den Namen früher oder später auf jeden Fall. Aber es wäre hilfreich, wenn Sie ihn uns schon jetzt mitteilen könnten. Wir führen eine Mordermittlung durch.«

Die Rezeptionistin zuckte zusammen, als der letzte Satz fiel. Sie sagte: »Es handelt sich wohl um einen Stammgast. Ich arbeite in dieser Saison erstmals im *Hotel Teeklipper*. Aber der Besitzer hat mir erzählt, dass Verena Jasper sich jedes Jahr mehrfach auf den weiten Weg von Mainz nach Juist macht. Früher wäre sie mit ihrem Ehemann angereist, inzwischen ist sie verwitwet.«

Eine Mainzer Witwe? Ob Verena Jasper Tiekamp bereits aus seinem Heimatort kannte? Mainz war eine Großstadt, deren Bewohner einander nicht dreimal am Tag auf der Straße begegneten, wie es auf einer kleinen Insel wie Juist der Fall war. Dennoch konnte es eine Verbindung zwischen dem Weinhändler und dieser Frau geben – und zwar schon seit längerer Zeit. Nun stellte auch Roland eine Frage: »Ist Frau Jasper gemeinsam mit Herrn Tiekamp angereist?«

»Nein, sie weilt schon seit zwei Wochen in unserem Haus. Sie hat stets allein gefrühstückt, bis Herr Tiekamp bei uns ein Zimmer mietete. Seitdem sind die beiden unzertrennlich. – Ich möchte aber nicht, dass Sie mich für eine Tratsche halten!«

Theas Wunsch ließ Antje schmunzeln.

»Sie sind einfach nur eine gute Beobachterin«, versicherte sie. »Wie erkennen wir die Dame?«

»Das ist leicht«, gab die Rezeptionistin zurück. »Der Frühstücksraum ist um diese Uhrzeit schon ziemlich leer. Bei den übrigen Gästen dort handelt es sich ausschließlich um Paare.«

Die Polizisten bedankten sich bei Thea und betraten den Speiseraum, der durch eine massive Doppel-Schwingtür von der Hotellobby getrennt war. Daher hatte Verena Jasper die Uniformierten bisher noch nicht bemerkt. Sie saß an einem Fenstertisch, trank Tee und schaute Richtung Inselhafen. Hinter den Bäumen und den Dächern der Parallelstraße konnte man den Deich und dahinter ein wenig von der unendlichen Wasserfläche der Nordsee erkennen. Beim Näherkommen schaute Antje sich die Dame genauer an. Verena Jasper war dezent geschminkt, ihr taubengraues Haar hatte sie zu einer modischen Kurzhaarfrisur schneiden lassen. Ihre schlanke Figur wurde durch einen Rollkragenpullover und eine Jeans betont. Die Kleidungsstücke stammten vermutlich nicht von einem Discounter, sondern aus einer exklusiven Modeboutique. Für so etwas hatte die Kommissarin einen Blick. Und der Wert von Frau Jaspers Damenarmbanduhr entsprach schätzungsweise dem halben Jahresgehalt einer Polizeibeamtin.

Der dicke Teppich schluckte die Schrittgeräusche. Da die Dame weiterhin aus dem Fenster schaute, bemerkte sie die Ermittler erst, als sie unmittelbar vor ihrem Tisch standen.

»Frau Jasper?«

Sie schaute auf, als Antje sie ansprach.

»Ja, bitte?!«

»Ich bin Kommissarin Fedder, das ist Kommissar Witte. Wir sind von der Polizei Juist und möchten Ihnen einige Fragen stellen. – Dürfen wir kurz mit Ihnen reden?«

Verena Jasper machte eine einladende Handbewegung.

»Nehmen Sie doch bitte Platz. – Ich hätte mir eigentlich denken können, dass Sie mich früher oder später aufsuchen würden. Es geht gewiss um Bernds Aussage bei Ihnen, oder?«

Sie leugnet also nicht, Tiekamp zu kennen, dachte die Kommissarin. Das war in ihren Augen schon einmal ein gutes Zeichen. Die Polizisten setzten sich gegenüber von Verena Jasper an den Tisch.

»Sie sprechen von Bernd Tiekamp, nicht wahr?«, vergewisserte Antje sich.

Die Witwe nickte.

»Ja, Bernd und ich sind alte Bekannte. Ich kaufe seit vielen Jahren meinen Wein in seinem Mainzer Geschäft. Ich war erstaunt, als ich erfuhr, dass er das *Juist Wein Kontor* eröffnen wollte. Doch dann erschien mir dieses Vorhaben wie ein Wink des Schicksals. Ich habe diese wunderbare Insel nämlich schon seit Langem zu meinem bevorzugten Urlaubsziel erkoren.«

»Was verstehen Sie unter einem ›Wink des Schicksals‹?«

Verena Jasper quittierte Rolands Frage mit einem nachsichtigen Lächeln – so wie eine Lehrerin, die einem Schüler seine Unwissenheit verzeiht: »Herr Witte, ich habe seit einiger Zeit Gefühle für Bernd Tiekamp entwickelt. Er ist ein Kavalier alter Schule, wenn man das so nennen will. Ich schätze es, wenn ein Herr gute Manieren hat und auf sein äußeres Erscheinungsbild achtet. Wenn seine Frau über etwas mehr Lebenserfahrung verfügen würde, dann wüsste sie, was sie an ihm hat. Doch leider hat er sich von ihrem Aussehen blenden lassen – dabei ist auf lange Sicht ein guter Charakter viel wichtiger als ein hübsches Gesicht und ein attraktiver Körper.«

»Sie scheinen nicht viel von Sonja Tiekamp zu halten«, stellte Antje fest.

Verena Jasper zuckte mit den Schultern.

»Dieses Früchtchen ist eine Lügnerin und Ehebrecherin, die sogar vor Mord nicht zurückzuschrecken scheint.«

Die Polizistin hakte nach: »Gibt es für diese Behauptungen auch Beweise?«

»Bernd hat sich mir anvertraut. Er musste in dieses Hotel ziehen, weil er in seinem eigenen Haus seines Lebens nicht mehr sicher war.«

»Sie haben also persönlich keine Beobachtungen gemacht, mit denen Sie Ihre Angaben bestätigen können. So etwas nennen wir Hörensagen, und es bringt uns leider gar nicht weiter.«

»Ich vertraue Bernd, Frau Fedder. Wenn er sich vor seiner Gattin und ihrem Liebhaber fürchtet, wird es dafür einen sehr guten Grund geben.«

»Wo waren Sie in der Nacht vom zweiten auf den dritten Oktober?«

Die Frage des Kommissars schien Verena Jasper zu überraschen. Jedenfalls deutete ihr Gesichtsausdruck darauf hin.

»In meinem Bett, hier im Hotel.«

»Allein?«, hakte Antje nach.

Verena Jasper antwortete nicht sofort. Ihre Wangen wurden von einer leichten Röte überzogen.

»Eine solche Direktheit bin ich nicht gewohnt, aber in Ihrem Beruf ist das wahrscheinlich notwendig. – Nein, ich war nicht die ganze Nacht lang allein. Ich wachte auf, als es an der Tür klopfte. Es war gegen ein Uhr morgens. Im ersten Moment dachte ich, ein anderer Gast hätte sich betrunken im Zimmer geirrt und seinen Schlüssel vergessen. Doch dann erkannte ich Bernds Stimme. Er fragte höflich, ob er zu mir kommen könne. Wie gesagt, ich kenne ihn als formvollendeten Gentleman. Normalerweise lasse ich keine fremden Männer nachts herein, das müssen Sie mir glauben. Bernd war völlig durcheinander. Er beichtete mir, dass er seine Frau und ihren Liebhaber bei der Planung des Mordes an ihm belauscht hätte. Für ihn brach offenbar eine Welt zusammen. Ich tat mein Möglichstes, um ihn zu trösten und zu beruhigen.«

Das kann ich mir vorstellen, dachte Antje. Für sie war es offensichtlich, dass Verena Jasper in den Weinhändler verliebt war. Die Kommissarin stellte es sich für die Witwe schwierig vor, einen neuen Partner zu finden. Vom Alter her passte sie jedenfalls viel besser zu Tiekamp als dessen junge Gattin. Antje konnte sich Tiekamp und Verena Jasper sehr gut als ein Ehepaar vorstellen. Ob er die Gefühle dieser Frau erwiderte? Auf jeden Fall schien sie der einzige Mensch auf Juist zu sein, den er in jener dramatischen Nacht aufsuchen wollte. Antje zeigte Verena Jasper ein Foto des Toten und fragte: »Haben Sie diesen Mann schon einmal gesehen?«

»Nein, gewiss nicht! Um Gottes willen – was ist mit ihm passiert?«

»Die Person lebt nicht mehr«, erklärte Roland. »Wir gehen von einem Gewaltverbrechen aus. Herr Tiekamp behauptet, dass der Mann ein Verhältnis mit seiner Ehefrau hatte.«

Der Anblick des Bildes hatte die Witwe sichtlich schockiert. Sie redete zunächst nicht weiter, und die Polizisten gewährten ihr eine Pause, um sich zu sammeln. Als sie wieder den Mund öffnete, hörte sie sich irritiert an: »Denken Sie etwa, dass Bernd etwas mit dem Tod des Liebhabers zu tun hat?«

»Noch wissen wir nicht, ob es sich bei dem Mann wirklich um Sonja Tiekamps Freund handelt«, stellte Antje klar. »Halten Sie es denn für möglich, dass Ihr Bekannter die Tat begangen hat?«

Verena Jasper schüttelte heftig den Kopf.

»Das ist völlig ausgeschlossen, Frau Fedder! Bernd ist der sanfteste und freundlichste Mensch, den ich kenne. Er könnte keiner Fliege etwas zuleide tun.«

Und warum war er dann so durcheinander, als er nachts zu dir kam? Diese Frage stellte die Kommissarin der Witwe nur in Gedanken. Natürlich wurde der Weinhändler nicht zum Mordverdächtigen, nur weil er nach Mitternacht bei dieser Dame erschienen war. Doch wenn man die übrigen Umstände berücksichtigte, wurde der Verdacht gegen Tiekamp nur noch erhärtet.

»Wir haben erfahren, dass Ihr Bekannter ausgegangen ist. Können Sie uns sagen, wohin er wollte?«

Verena Jasper beantwortete Rolands Frage: »Bernd äußerte den Wunsch, allein zu sein. Er wollte den Kopf freibekommen, wie er sich ausdrückte – und zwar am Strand. Er sagte, dass er sich dort tagsüber sicher fühlt.«

»Sie haben ihm nicht zufällig ein Handy geliehen, damit Sie ihn erreichen können?«

»Nein, Herr Witte. Ich bin vielleicht etwas altmodisch, aber ich halte nicht viel von Mobiltelefonie. Ich besitze zwar ein altes Handy, aber es befindet sich meist ausgeschaltet in meiner Handtasche.«

Mit dieser Auskunft mussten sich die Kommissare einst-weilen zufriedengeben. Antje stand auf.

»Wir bedanken uns für Ihre Zeit, Frau Jasper. Wenn Sie Herrn Tiekamp sehen, dann sagen Sie ihm, dass er sich umgehend bei der Polizei melden soll, ob nun telefonisch oder persönlich.«

»Das werde ich selbstverständlich tun, Frau Fedder. Aber Sie sind auf dem Holzweg, wenn Sie diesem Herrn eine Schlechtigkeit zutrauen.«

Als die Polizisten das Hotel verlassen hatten, sagte Roland: »Liebe macht eben blind, diese alte Binsenweisheit scheint sich wieder einmal zu bestätigen. Unter uns gesagt finde ich, dass diese feine Dame und ihr Kavalier der alten Schule viel besser zueinander passen als Tiekamp und seine junge Gattin.«

»Das habe ich auch gedacht, mein Bester. Dir wird gewiss auch aufgefallen sein, dass Verena Jasper ihrem Verehrer erst ab ein Uhr morgens ein Alibi geben konnte. Falls Brahe/Sergej also vor diesem Zeitpunkt getötet wurde, hat unser wackerer Weinhändler für die Zeit kein Alibi – jedenfalls sieht es momentan nicht danach aus.«

Kapitel 11

Während die Ermittler sich miteinander unterhielten, kehrten sie zunächst zur Polizeistation zurück. Natürlich hätten sie auch am Strand nach dem Verdächtigen suchen können, aber das wäre in Antjes Augen Zeitverschwendung gewesen. Die Insel verfügte über viele Kilometer besten Sandstrands, der Juist in den Augen vieler Urlauber besonders attraktiv machte. »Tiekamp wird sich doch wohl nicht an seiner Frau vergreifen, oder?«, fragte Roland.

Nach Ansicht der Kommissarin ging aktuell keine akute Gefahr von Tiekamp aus. »Das kann ich mir nicht vorstellen. Wenn er Sonja hätte umbringen wollen, wäre dazu schon mehr als genug Zeit gewesen. Und Tiekamp ist aus freien Stücken zur Wache gekommen, damit wir etwas wegen des angeblichen Mordkomplotts gegen ihn unternehmen. Wenn jetzt Sonja gewaltsam ums Leben kommen sollte, muss der Verdacht zwangsläufig auf ihn fallen.«

»Du hast recht, Antje. – Ich verstehe nicht, warum Tiekamp nicht von Anfang an eine Notwehrsituation geltend gemacht hat. Wie hätten wir ihm beweisen können, dass er seinen jungen Rivalen kaltblütig erstochen hat?«

»Du vergisst die Textnachricht auf seinem Smartphone, Roland. Sie ist der beste Beweis dafür, dass es eine Verbindung zwischen Opfer und Täter gab, die nichts mit romantischen Gefühlen der Ehefrau für einen angeblichen Geliebten zu tun hat.«

»Das stimmt, dieses Indiz wird Tiekamp das Genick brechen«, meinte der Kommissar. »Ob ihm gar nicht bewusst ist, wie stark er dadurch belastet wird?«

»Der Weinhändler ist kein ausgekochter Gewohnheitsverbrecher«, stellte Antje fest. »Wir können eine POLAS-Abfrage mit seinem Namen machen – aber ich wette mit dir, dass wir keinen Eintrag finden werden. Vielleicht ist die

Tötung von Brahe/Sergej die erste kriminelle Tat seines Lebens. Wir müssen uns seine Situation vor Augen führen: Finanziell steht ihm das Wasser bis zum Hals. Er hat sich mit dem *Juist Wein Kontor* übernommen, was er verzweifelt vor seiner jungen, schönen Frau geheim zu halten versucht. Deshalb lässt er sich mit Kredithaien ein. Als die Drohung auf seinem Smartphone landet, brennen bei ihm die Sicherungen durch. Und: Die Mordwaffe gehörte allem Anschein nach dem Opfer. Eigentlich müsste Brahe/Sergej stärker sein als Tiekamp. Ich stelle mir vor, dass die beiden Männer miteinander gekämpft haben. Durch einen glücklichen Zufall konnte Tiekamp seinem Widersacher das Bajonett entwinden. Er stach zu und floh in Verena Jaspers Arme.«

»Auf seiner Kleidung müssten Blutspritzer gelandet sein, wenn der Stoß mit dem Bajonett entsprechend heftig geführt wurde«, dachte Roland laut nach.

»Das habe ich mir auch überlegt, mein Bester. Wir wissen nicht, was Tiekamp in der fraglichen Nacht getragen hat. Ein weiterer Punkt, den wir klären müssen.«

»Ja, an Arbeit mangelt es uns nicht«, gab Roland seufzend zurück. Er fuhr fort: »Ich will mal beim Landeskriminalamt nachhaken, ob die Kollegen mit den halb verkohlten Listen etwas anfangen konnten.«

Er griff zum Telefonhörer, um in Hannover anzurufen. Antje blieb währenddessen nicht untätig. Sie ging die aktuellen Fahndungsaufrufe durch. Falls es sich bei Brahe/Sergej wirklich um einen Verbrecher handelte, war er vielleicht schon wegen anderer Straftaten auf dem polizeilichen Radar. Doch ihre Suche verlief ergebnislos. Keiner der männlichen Täter in ihren Dateien hatte auch nur entfernte Ähnlichkeit mit dem Toten. Roland war offenbar erfolgreicher. Jedenfalls strahlte er sie an, nachdem er sich überschwänglich bei seinem Gesprächspartner bedankt und das

Telefonat beendet hatte: »Es gibt gute Nachrichten, Antje! Bei dem Papier aus dem Kamin handelt es sich offenbar wirklich um eine Liste, die in kyrillischen Buchstaben abgefasst wurde. Wie du weißt, wird diese Schrift in verschiedenen Ländern verwendet. Nach Einschätzung der Spezialisten hat der Verfasser die russische Sprache verwendet. Es handelt sich um eine Aufstellung von säumigen Schuldnern, wobei keine Personennamen, sondern Firmenbezeichnungen benutzt wurden. Und dort steht unter anderem: ›Juist Wein Kontor, Tilgung viertausend Euro überfällig‹.«

Die Kommissarin pfiff durch die Zähne und erwiderte: »Viertausend Euro? Wenn man blank ist und diese Summe einem Kredithai schuldet, ist das sehr viel Geld. Aber würde ein Ehrenmann wie Tiekamp wirklich für diesen Betrag jemanden töten?«

Roland hob einen Zeigefinger.

»Ich traue diesem smarten Herrn keinen eiskalt geplanten Mord zu. Aber so, wie wir die Tat einschätzen, war der Tod des Schuldeneintreibers gar nicht vorgesehen. Ich stelle mir vor, dass Tiekamp zu dem Treffen um Mitternacht ging, um seinen Gläubiger zu beruhigen. Vielleicht wollte er einen letzten Zahlungsaufschub erreichen. Doch Brahe/Sergej lässt nicht mit sich reden und zieht gleich sein Bajonett, um die telefonische Drohung wahr werden zu lassen. Der Weinhändler muss sich verteidigen. Und er gewinnt die Oberhand und tötet seinen Widersacher versehentlich.«

»Dieser Ablauf kommt mir ebenfalls wahrscheinlich vor«, meinte Antje. »Das Problem hat er dadurch allerdings nicht gelöst. Oder glaubst du, dass Brahe/Sergej allein gehandelt hat? Ich halte ihn eher für einen Handlanger eines großen illegalen Geldverleihers. Und der wird es gewiss nicht auf sich sitzen lassen, dass einer seiner Mitarbeiter umgebracht wurde.«

»Ich bin deiner Meinung, trotzdem hat Tiekamp zunächst Zeit gewonnen«, sagte ihr Kollege. »Doch wenn Brahe/Sergej gar nicht Sonjas Liebhaber war – aus welchem Grund marschiert Tiekamp zu uns, um seine Ehefrau zu bezichtigen? Etwa wegen Verena Jasper?«

Die Kommissarin nickte langsam. Sie sagte: »Bevor diese elegante Dame in unserem Fall aufgetaucht ist, war mir das Motiv für die Falschaussage schleierhaft. Nun sehe ich es mit anderen Augen. Wir wissen nicht, wie es wirklich um die Ehe des Weinhändlerpaares steht. Es könnte sein, dass Tiekamp die Verbindung mit Sonja als den größten Fehler seines Lebens ansieht. Dieser Mann hat seinen Betrieb in Mainz aufgegeben, um auf unserer Insel ein neues Projekt in den Sand zu setzen. Das *Juist Wein Kontor* schreibt offenbar nur rote Zahlen. In Tiekamps Alter ist es eine Horrorvorstellung, vor dem finanziellen Aus zu stehen. Er muss sogar schon bei Kredithaien betteln gehen. Und er hat selbst zugegeben, dass er dieses Geschäft nur Sonja zuliebe gegründet hat. Plötzlich entdeckt er seine Gefühle für Verena, die viel besser zu ihm passt. Und nun hat er auch noch ein Menschenleben auf dem Gewissen. Vielleicht macht Tiekamp indirekt seine Frau dafür verantwortlich, dass es so weit kommen musste. Er rächt sich an ihr, indem er sie der Komplizenschaft bezichtigt und uns den Toten als ihren Liebhaber unterjubeln will.«

»So könnte es sich wirklich abgespielt haben«, meinte Roland. Bevor er noch mehr sagen konnte, klingelte das Telefon.

Antje nahm das Gespräch entgegen, meldete sich mit Namen und Dienstgrad.

»Moin, hier spricht Brodersen vom kriminaltechnischen Labor Oldenburg. – Frau Fedder, es geht um die Stichwaffe, die sich in der männlichen Leiche befand. Die Kollegen vom gerichtsmedizinischen Institut haben den Gegenstand zur

Untersuchung an uns weitergeleitet. Ich dachte mir, dass Sie die wichtigsten Details schon vorab erfahren möchten. – Wir konnten die Identität des Toten klären, weil es bei den Fingerabdrücken eine Übereinstimmung in der Datenbank gab. Der Name des Mannes lautet Sergej Schröder. Er war ein russlanddeutscher Spätaussiedler, der in Wladiwostok geboren wurde und als Dreijähriger mit seiner Familie in die Bundesrepublik kam. Er wurde mit vierundzwanzig Jahren zu einer Haftstrafe wegen Einbruchdiebstahl verurteilt, die er in der Justizvollzugsanstalt Lingen abgesessen hat.«

Antje nahm sich vor, die elektronische Akte später genau durchzulesen. Doch jetzt wollte sie mehr über die Mordwaffe erfahren.

»Diese Information ist für uns sehr hilfreich«, versicherte sie. »Stimmt denn unsere Vermutung, dass Schröder mit einem Bajonett getötet wurde?«

»Ja, die Beschaffenheit des Griffs ließ diese Schlussfolgerung zu, Frau Fedder. – Es handelt sich um ein Militärbajonett, das als Seitenwaffe zum Mannlicher Gewehr mit der Typenbezeichnung M 1904 fabriziert wurde«, erklärte der Spezialist. »Dieses Gewehr mit dem dazu passenden Bajonett war vor hundert Jahren eine Standardwaffe des österreichischen Heeres, produziert von den Steyr-Werken.«

»Also ein antikes Stück?«, vergewisserte Antje sich. »Wir haben von dem Bajonett ja nur den Griff gesehen, für mich sah es wie neu aus.«

»Die Stichwaffe wurde vermutlich vor dem Tötungsdelikt auf Ihrer Insel nie benutzt. Wenn man so ein Bajonett einfettet und in einen Lappen wickelt, kann es Jahrhunderte überdauern, ohne erkennbar zu altern. – Übrigens ist der Griff abgewischt worden, daher konnten wir leider weder Fingerabdrücke noch brauchbare DNA-Spuren nachweisen.«

»Das wäre ja auch zu schön gewesen«, gab die Kommissarin seufzend zurück. »Wo kann man so eine Waffe Ihrer Meinung nach am besten erwerben? Gibt es eine Chance, auf diesem Weg ihren Besitzer zu ermitteln?«

»Das wird schwierig, Frau Fedder. Wie gesagt, das Mannlicher Gewehr wurde in großer Stückzahl produziert, und nach dem Ersten Weltkrieg verschwanden viele Exemplare in dunklen Kanälen. Das gilt natürlich auch für die Bajonette. Waffensammler haben immer Interesse an solchen Stücken, wobei das Mannlicher Bajonett als Massenware natürlich keinen Seltenheitswert hat. Der Verkauf ist übrigens legal, was die Suche nicht einfacher macht.«

»Das ist nicht gerade ermutigend.«

»Einen Tipp habe ich für Sie«, sagte Brodersen. »Von Juist aus ist es ja nicht weit bis in die Niederlande. Während in Deutschland Militaria-Händler auf den Flohmärkten nicht so gern gesehen sind, geht man bei unseren Nachbarn lockerer damit um. Bitten Sie die dortigen Kollegen doch um Amtshilfe. Ein paar Flohmärkte abzuklappern ist doch eine interessante Aufgabe für unterbeschäftigte Polizeischüler.«

Antje lachte und erwiderte: »Ja, das wäre zumindest einen Versuch wert. Vielen Dank, Herr Brodersen.«

Sie beendete das Telefonat. Da der Lautsprecher eingeschaltet war, hatte Roland alles mitbekommen.

»Die Fahndung nach dem Verkäufer des Bajonetts entspricht vermutlich der sprichwörtlichen Suche nach der Nadel im Heuhaufen«, stellte er fest. »Wir sollten es auf jeden Fall probieren. Zum Glück kenne ich einen Deutsch sprechenden Kollegen im *Politiebureau Delfzijl*.«

Im Grenzgebiet funktionierte die Zusammenarbeit mit den niederländischen Polizisten auf dem kurzen Dienstweg meist reibungslos. Der Kommissar ließ sich mit *Hoofdagent* de Vries verbinden. Er schilderte dem niederländischen Kollegen sein Anliegen. De Vries versprach, die Flohmarkthändler im Küstengebiet genauer unter die Lupe nehmen zu lassen. Roland suchte im Internet nach einem Foto von dem Mannlicher Bajonett und schickte es dem holländischen Polizisten.

»So, das läuft«, sagte er zu Antje, nachdem er das Telefonat beendet hatte.

»*Hartstikke leuk*«, erwiderte sie, wobei sein verblüffter Gesichtsausdruck sie schmunzeln ließ.

»Du – sprichst Niederländisch?«

»Naja, es reicht, um mir einen Kaffee zu bestellen.«

»Das wusste ich noch gar nicht. – Dann hättest du ja besser in Holland angerufen. – Und was hast du gerade zu mir gesagt?«

»Ich sagte: ›sehr schön‹. – Eine Frau hat eben gern ihre kleinen Geheimnisse, das macht sie doch erst richtig interessant«, sagte Antje mit einem Augenzwinkern. Dann fuhr sie fort: »Ich verlasse mich nicht darauf, dass wir die Herkunft der Tatwaffe jemals ermitteln können. Wir sollten uns lieber mit der wahren Identität des Opfers befassen. – Sein richtiger Name lautet also wirklich Sergej. Mit Nachnamen heißt er Schröder. Ich frage mich, warum Tiekamp uns diesen Mann als Fredo Brahe präsentiert hat.«

Roland zuckte mit den Schultern.

»Darüber kann man nur Vermutungen anstellen«, meinte er. »Ich gehe davon aus, dass der Weinhändler Schröders Verbindung zum Unterweltmilieu verschleiern wollte. Damit will ich nicht sagen, dass Russlanddeutsche eher straffällig werden als andere Leute. Aber wenn wir Schröders richtigen Namen gekannt hätten, wären wir auf seine Vorstrafe gestoßen und hätten tiefer gebohrt.«

Antje schüttelte den Kopf. Sie dachte laut nach: »Glaubst du wirklich, dass Schröder mit dem Schuldner über seine Vergangenheit gesprochen hat? Das kann ich mir nicht vorstellen. Ich gehe eher davon aus, dass er sich aufs

Geratewohl einen Namen ausgedacht hat, um sinnbildlich gesprochen eine Nebelkerze zu zünden. Wahrscheinlich wusste Tiekamp gar nicht, dass Schröder eine Polizeiakte hat. Denn dann hätte ihm klar sein müssen, dass wir anhand der Fingerabdrücke die wahre Identität des Opfers schnell herausfinden werden.«

»Vielleicht hat der Weinhändler es sich zu einfach vorgestellt, uns hinter das Licht zu führen«, vermutete Roland. »Ruf doch mal den Kollegen an, der damals den Einbruchdiebstahl aufgeklärt hat. Er könnte mehr über Schröders Verbindungen zur Unterwelt wissen.«

»Gute Idee«, erwiderte Antje. Sie rief im Polizeipräsidium Oldenburg an, denn in dieser Stadt war Schröder damals verhaftet worden. Es dauerte nicht lange, bis sie mit einem Kommissar namens Peter Bruns verbunden wurde. Die Inselpolizistin stellte sich vor und berichtete, was sich auf der Insel ereignet hatte.

»Sergej Schröder ist also tot?«, hakte Bruns nach. »Ich hatte eigentlich gehofft, dass es sich bei dem Einbruch damals um einen einmaligen Ausrutscher handelte. Gibt es denn Hinweise auf seine Verbindung zum kriminellen Milieu?«

»Ehrlich gesagt hatten mein Kollege und ich gehofft, von Ihnen eine Antwort auf diese Frage zu bekommen.«

»Ich erinnere mich an Sergej Schröder als einen Einzelgänger, Frau Fedder. Er stammt aus einer großen Familie, hat zwei Brüder und zwei jüngere Schwestern. Bei sich daheim fand er also keine Ruhe. Und mit seinen Aushilfsjobs konnte er nicht genug Geld für eine eigene Wohnung verdienen. Das war meiner Meinung nach ein Hauptgrund dafür, den Einbruch zu begehen. Schröder wollte sich mit dem Geld ein eigenes Leben aufbauen und nicht mehr von seiner Familie abhängig sein.«

»Es besteht der Verdacht, dass Schröder für einen Kredithai gearbeitet haben könnte«, teilte Antje dem Oldenburger Kommissar mit. »Gibt es Personen in seinem Umfeld, die für solche Machenschaften infrage kommen?«

Bruns antwortete: »Falls Schröder wirklich etwas mit Wuchergeschäften zu tun hat, dann muss es sich um neue Verbindungen handeln. Als ich ihn verhaftete, hatte er keine Freunde. Es gab aber eine Frau, die ihn regelmäßig in der Justizvollzugsanstalt besucht hat. Das habe ich durch einen Kollegen erfahren. Ob es sich um seine feste Freundin handelte? Vielleicht wollte er sich mit ihr zusammen ein neues Leben aufbauen. Soweit ich weiß, ist er kein zweites Mal straffällig geworden. Darum hatte ich gehofft, er hätte sich gefangen.«

Bruns kannte den Namen der Freundin nicht, aber er ließ sich über die Besucherliste der JVA Lingen einfach herausbekommen. Antje bedankte sich und legte den Hörer auf. Da der Lautsprecher eingeschaltet war, hatte Roland alles mitbekommen.

»Falls Schröder sich doch für den gesetzestreuen Weg entschieden hat, muss er ja irgendwo gearbeitet oder Sozialleistungen bezogen haben«, sagte Roland. Er fand heraus, dass Sergej Schröder tatsächlich bei einer Delmenhorster Spedition als Lagerarbeiter angestellt war. Ein Anruf in der Firmenzentrale verschaffte dem Kommissar Gewissheit: Schröder hatte vor drei Wochen einen Arbeitsunfall erlitten und war seitdem krankgeschrieben. Diese Information sorgte bei Roland für Verwirrung: »Waren wir auf dem Holzweg? Hatte Schröder vielleicht doch nichts mit Kreditwucher zu tun?«

»Geldeintreiber für das organisierte Verbrechen ist ja kein anerkannter Ausbildungsberuf«, stellte Antje augenzwinkernd fest. »Es ist sehr gut möglich, dass der Kerl tagsüber brav in der Spedition gearbeitet hat und abends sowie am

Wochenende den Schuldnern seines Bosses die Hölle heißmachte. Dank seines Unfalls konnte er krankfeiern und sich nach Juist begeben, um hier Geld einzutreiben. Was wohl seine Knastbesucherin sagt, wenn sie von seinem Tod erfährt?«

Die Kommissarin nahm telefonisch Kontakt mit der Justizvollzugsanstalt auf, um den Namen der Frau herauszubekommen. Er lautete Nicole Rappe.

»Es gibt eine Nicole Rappe, die in Delmenhorst als Kosmetikerin arbeitet«, sagte Roland, nachdem er den Namen aufgeschnappt hatte.

Antje rief sofort in dem Salon an, wo die Frau angestellt war. Ihre Telefonstimme klang sympathisch. Die Kommissarin überbrachte nicht gern Todesnachrichten auf diesem unpersönlichen Weg, aber in diesem Fall war es eilig. Sie konnte nicht erst eine Delmenhorster Kollegin bitten, Nicole Rappe von Angesicht zu Angesicht über Sergej Schröders Tod zu informieren. Doch die Kosmetikerin nahm die Nachricht von seinem gewaltsamen Tod gefasst auf. Antje hatte sich zuvor mit Namen und Dienstgrad vorgestellt. Und sie erwähnte auch, dass Schröder auf Juist umgebracht worden war.

»Sergej lebt also nicht mehr, Frau Fedder? Das tut mir leid, aber deshalb bricht für mich nicht die Welt zusammen. Ich liebe ihn schon lange nicht mehr.«

»Sie haben diesen Mann öfter im Gefängnis besucht«, gab die Kommissarin zu bedenken.

Nicole Rappe erwiderte: »Das stimmt. Wenn Sie darüber Bescheid wissen, dann wird Ihnen auch bekannt sein, dass ich Sergej schon vier Monate vor seiner Haftentlassung nicht mehr getroffen habe. Es wäre mir unanständig erschienen, ihm weiterhin Hoffnungen zu machen. Ja, wir sind ein Paar gewesen, bevor er hinter Gitter musste. Doch während er in Lingen einsaß, habe ich meinen jetzigen Freund kennengelernt. Marcel ist meine große Liebe, und gegen Gefühle ist nun mal kein Kraut gewachsen.«

»Ich habe Sie vor allem angerufen, um mehr über Sergej Schröders Umfeld zu erfahren«, erklärte Antje. »Mich interessiert, ob er Verbindungen zu Leuten hatte, die sich mit privatem Geldverleih befassen.«

»Sie meinen Kredithaie, nicht wahr? Darüber ist mir nichts bekannt. Vielleicht hat Sergej solche Leute in der Strafanstalt kennengelernt.«

»Wie hat er es denn aufgenommen, dass Sie ihm den Laufpass gegeben haben?«

»Begeistert war er nicht, aber er hat es hingenommen. Jedenfalls versuchte Sergej nicht, mich zurückzugewinnen. Das ließ sein Stolz nicht zu. Ich schätze, dass er sich nach seiner Entlassung eine neue Flamme gesucht hat.«

»Also besteht zwischen Ihnen und Ihrem Ex-Freund kein Kontakt mehr?«

»Nein, Frau Fedder. Ich hatte keine Ahnung davon, dass es ihn auf Ihre Insel verschlagen hat. Hoffentlich finden Sie seinen Mörder, ich kann Ihnen dabei leider nicht helfen.«

Die Zeugin kam der Kommissarin glaubwürdig vor. Antje bedankte sich und beendete das Telefonat. Dann suchte sie in mehreren sozialen Medien nach dem Namen Nicole Rappe – und wurde schnell fündig.

»Schau mal, Roland!«

Ihr Kollege kam zu ihr herüber und schaute ihr über die Schulter. Die Kosmetikerin liebte es offenbar, fotografiert zu werden. Es gab unzählige Fotos von ihr – im Badeanzug und im Tennisdress, mit Freundinnen bei Partys und bei einer Kanutour auf der Weser.

»Sergejs Ex-Freundin hat eine unglaubliche Typenähnlichkeit mit Sonja Tiekamp«, stellte Roland fest. »Frisur, Figur, sogar das Lächeln – man könnte die beiden Damen glatt miteinander verwechseln, wenn man nicht allzu genau hinschaut.«

»Das habe ich mir auch gedacht, mein Lieber. Das kann unmöglich ein Zufall sein«, meinte Antje. Der Kommissar erwiderte: »Ehrlich gesagt bin ich verwirrt. Sollte Tiekamps Geschichte doch stimmen, und Sergej Schröder war gar kein Kredithai? Oder hat der junge Kerl sich zusätzlich an die Ehefrau herangemacht, um den Schuldner zu demütigen?«

»Wir müssen uns jedenfalls noch einmal gründlich mit der Dame befassen«, stellte die Inselpolizistin fest. »Ich gehe eben kurz zu ihr in die Weinhandlung, sie muss ja noch das Protokoll der ersten Befragung unterschreiben. Bei der Gelegenheit kann ich sie zu einem Verhör einbestellen.«

»Ich werde Kollegen vom zuständigen Revier bitten, Schröders Mutter die Todesnachricht persönlich zu überbringen«, erklärte Roland. Er fügte hinzu: »Und danach sollten wir Mittagspause machen.«

»Auf jeden Fall«, gab Antje zurück. »Ich könnte auch bald einen Happen vertragen.«

»Ich versuche außerdem, etwas über Schröders Siegelring herauszufinden«, verkündete der Kommissar. Er fuhr fort: »Dazu hat sich der Kriminaltechniker nämlich nicht geäußert, oder? Und das bedeutet: Er weiß auch nichts damit anzufangen.«

»Wenn das Bajonett schon von den Gerichtsmedizinern weitergeleitet wurde, dann sind sie vielleicht auch schon mit der Obduktion der Leiche weitergekommen«, dachte Antje laut nach. Sie beschloss, Nägel mit Köpfen zu machen und beim zuständigen Institut in Oldenburg nachzuhaken. Es dauerte nicht lange, bis sie den Pathologen erreichte.

»Das trifft sich gut, Frau Fedder«, sagte Dr. Lorenz. »Ich wollte Sie auch gerade anrufen, um Ihnen das Obduktionsergebnis mitzuteilen. Das Opfer wurde durch einen einzigen Stich mit dem Bajonett getötet, das ich schon an die

Kriminaltechnik weitergereicht habe. Der Tod trat in der Nacht vom ersten auf den zweiten Oktober ein, und zwar zwischen elf Uhr abends und Mitternacht.«

Somit hat Tiekamp für die Zeit bisher kein Alibi, dachte die Kommissarin. Sie bedankte sich bei dem Mediziner. Nun wollte sie endlich Sonja Tiekamp das Protokoll bringen und die Weinhändlerin einbestellen.

»Ich bin gleich zurück.«

Mit diesen Worten verließ sie die Polizeiwache. Auf der kurzen Fahrt zum *Juist Wein Kontor* dachte Antje noch einmal über Sonja Tiekamp nach. War es nicht möglich, dass beide Ehepartner einen Teil der Wahrheit verschwiegen hatten, um in einem besseren Licht dazustehen? Vielleicht schämte die Gattin sich, weil sie auf einen Ganoven hereingefallen war. Und – konnte man den Ehebruch mit dem Helfer des Kredithais nicht auch als ein zusätzliches Motiv für den Mord betrachten? Als die Kommissarin das Geschäft betrat, war es wieder so leer wie bei ihrem ersten Besuch. Sie lauschte, doch außer einem auf der Strandstraße vorbeiratternden Pferdefuhrwerk war nichts zu hören. Die Ladentür war offen gewesen, es hing auch kein »Komme-gleich-wieder«-Schild darin.

»Frau Tiekamp, ist bei Ihnen alles in Ordnung?«

Während die Kommissarin diese Frage stellte, ging sie ins Hinterzimmer, das durch einen Perlenvorhang vom Verkaufsraum getrennt war.

Sonja Tiekamp saß auf einem Stuhl, gefesselt und geknebelt. Jemand drückte kalten Waffenstahl gegen Antjes Schläfe.

Kapitel 12

Die Polizistin durfte nicht die Nerven verlieren. Ihr Herz raste, und in ihrem Körper wurde reichlich Adrenalin ausgeschüttet. Jede unbedachte Bewegung konnte zu ihrem plötzlichen Ende führen, darüber machte sie sich keine Illusionen. Wer immer auch die Weinhändlerin an den Stuhl gebunden hatte, war gewiss nicht begeistert vom Erscheinen einer Uniformierten. Antje hätte gern den Kopf gedreht. Sie wollte verstehen, mit wem sie es zu tun hatte. Doch selbst diese Veränderung konnte schon zu viel sein. Es war, als ob die Kommissarin sich in eine Statue verwandelt hätte. Sie richtete lediglich ihren Blick zur rechten Seite, wo die Person stand.

Die Umrisse eines dunkel gekleideten Körpers waren zu erkennen. Der Mann – falls es einer war – überragte Antje um Haupteslänge. Viel konnte sie von ihm nicht erkennen. Er stank nach Schweiß, und der Revolver oder die Pistole in seiner Hand verströmte den typischen Geruch von Waffenöl.

»Ich werde nicht schreien.«

Antje hätte selbst nicht sagen können, warum sie diesen Satz von sich gab. Es war vermutlich der instinktive Versuch, ein Gespräch zu beginnen. Dazu sank die Wahrscheinlichkeit, sich sofort eine Kugel einzufangen. Jedenfalls hoffte sie das. Der Bewaffnete erwiderte nichts. Inzwischen war die Polizistin sicher, dass es sich um einen Mann handelte. Es gab wenige Frauen, die so groß waren wie er. Wenn Antje nach vorn schaute, blickte sie unmittelbar auf die Weinhändlerin. Sonja Tiekamps Gesicht war mit Schweiß bedeckt, sie hatte die Augen weit aufgerissen. Wie lange sie wohl schon gefesselt war? Und warum hatte der Verbrecher den Laden nicht abgeschlossen? War es ihm entfallen oder achtete er nicht auf solche Details? Immerhin musste er damit rechnen, jederzeit gestört zu werden. Und – was hatte er überhaupt vor?

Antje stellte sich selbst diese Fragen. Und indem sie es tat, bekam sie ihre eigene Angst und Anspannung besser in den Griff. Ihr Leben und das der Weinhändlerin hingen nun davon ab, dass sie einen kühlen Kopf bewahrte.

»Du wirst jetzt deine Dienstwaffe ziehen, aber schön langsam – und zwar mit Daumen und Zeigefinger, kapiert? So, als ob du ein Stück heiße Kohle anfassen würdest. Und dann lässt du die Knarre auf den Boden fallen.«

Die Stimme des Unbekannten hörte sich nicht schrill oder hysterisch an. Er ging überlegt vor, was Antje einerseits beruhigend fand. Andererseits musste sie trotzdem mit dem Schlimmsten rechnen. Dieser Mann hatte Sonja Tiekamp ganz gewiss nicht in seine Gewalt gebracht, weil er unbehelligt mit der nächsten Fähre wieder Richtung Festland verschwinden wollte. Die Polizistin war ihm bei seinem Verbrechen in die Parade gefahren, und nun musste er die Situation zu seinen Gunsten auflösen. Daher war es nur logisch, dass er Antje zunächst entwaffnete. Sie tat, was er von ihr verlangte. Und dafür gab es einen guten Grund. Sie musste auf Zeit spielen, das war momentan ihre beste Chance. Roland wartete auf sie. Er würde sich gewiss wundern, warum es so lange dauerte, das Protokoll unterschreiben zu lassen. Wenn sie zu lange fortblieb, würde er misstrauisch werden. Dann bestand natürlich die Gefahr, dass er ebenfalls den Weinladen betrat und sozusagen ins offene Messer lief. Doch wenn der Kriminelle es plötzlich noch mit einem zweiten Polizisten zu tun bekam, konnten die beiden ihn vielleicht unblutig überwältigen.

Während der Kommissarin diese Überlegungen durch den Kopf spukten, beförderte sie ihre Pistole aus dem Holster auf den Boden. Und zwar genau so, wie der Kerl es angeordnet hatte. Sie schwitzte vor Anspannung. Der

Schweiß lief ihr unter dem T-Shirt und der Uniformbluse den Rücken hinab.

»Sehr gut. Und jetzt schiebst du die Bleispritze mit dem Fuß zu mir«, forderte der Mann.

Sonja Tiekamp begann zu zittern. Sie glaubte vermutlich, dass ihr letztes Stündlein geschlagen hätte. Antje ging hingegen nicht davon aus, dass der Täter die Weinhändlerin umbringen wollte, zumindest nicht sofort. Er hätte sie im Hinterzimmer lautlos strangulieren können, schon bevor die Polizistin erschienen war. Wenn dies seine Absicht gewesen wäre, waren Fesseln und Knebel sinnlos. Er wollte Sonja Tiekamp am Leben lassen, jedenfalls vorerst.

Antje riskierte es, ihren Kopf um eine Winzigkeit in seine Richtung zu drehen. Der Mann war nicht maskiert, das war eigentlich ein schlechtes Zeichen. Wenn die Weinhändlerin und die Polizistin ihn wiedererkennen würden, durfte er sie eigentlich nicht am Leben lassen. Sein Gesichtsausdruck zeigte wilde Entschlossenheit, wie Antje fand. Und er kam ihr bekannt vor, auf eine unbestimmte Art und Weise. So wie ein Nebendarsteller in einem Film, den sie vor längerer Zeit gesehen hatte und dessen Namen sie nicht kannte. Der Mann hielt seine Waffe nach wie vor auf Antje gerichtet. Er betrachtete sie als die größere Bedrohung, denn Sonja Tiekamp konnte momentan nichts gegen ihn unternehmen. Ganz abgesehen davon, dass sie viel zu verängstigt war, um die Hand gegen ihren Kidnapper zu erheben. Immerhin drückte der Verbrecher seine Pistolenmündung nicht mehr gegen die Schläfe der Polizistin. Er hatte sich einen oder zwei Schritte von ihr entfernt und die Waffe etwas gesenkt. Sie war nun auf Antjes Oberkörper gerichtet.

»Was hast du denn da in der Hand?«

Der Bewaffnete stellte diese Frage. Er deutete mit der Pistole auf das Protokoll in ihrer linken Hand.

»Das ist ein Schriftstück, es soll von Frau Tiekamp unter-schrieben werden«, erwiderte Antje und zeigte mit ihrer freien rechten Hand auf die gefesselte Weinhändlerin. Dies tat sie nur für den Fall, dass der Verbrecher nicht wusste, wer das sein sollte. Doch es kam ihr so vor, als ob er ganz genau wusste, wen er in seine Gewalt gebracht hatte.

»Was für ein Schriftstück soll das sein? Etwa – ein Geständnis?«, wollte der Pistolenmann wissen.

»Wie kommen Sie darauf?«, fragte Antje zurück.

Der Bewaffnete zeigte mit der Pistole auf Sonja Tiekamp: »Dieses Biest hat mir verraten, dass mein Bruder nicht mehr lebt. – Also, was steht auf diesen Seiten?«

Seine Tonlage hatte sich plötzlich verändert. Während er zuvor hart und forsch geklungen hatte, hörte er sich nun freudig überrascht an. So kam es der Kommissarin zumin-dest vor. Ob seine Aufmerksamkeit nachlassen würde? Antje erkannte ihre Chance.

»Schauen Sie selbst.«

Mit diesen Worten wandte sie sich dem Mann zu und hielt das Protokoll so, dass er es lesen konnte. Dafür musste er allerdings wieder etwas nähertreten. Unwillkürlich ließ er seine Waffenhand noch etwas weiter sinken. Das war die Gelegenheit, auf die Antje gewartet hatte. Sie schnellte auf ihn zu, packte sein Handgelenk und bog es nach außen. Gleichzeitig rammte sie ihre Stirn gegen sein Kinn. Ein scharfer Schmerz zuckte durch ihren Kopf, doch sie erzielte zumindest einen Teilerfolg. Der Kriminelle wurde von ihrer Attacke völlig überrumpelt. Er stieß einen Schmerzens-schrei aus und ging rückwärts zu Boden. Und da Antje mit ganzer Kraft vorwärtsgestürmt war, landete sie auf ihm. Er hielt immer noch die Waffe in der Hand. Sie umklammerte weiterhin sein Gelenk und schlug seinen Arm auf den Boden. Wenn sie es schaffte, dass er die Pistole losließ … doch das geschah nicht. Der Kerl hatte seine Schrecksekunde überwunden und verpasste ihr einen Faustschlag ins Gesicht. Es wurde Antje für einen Moment schwarz vor Augen, und ein klingelndes Geräusch ertönte. Zuerst dachte sie, dass dies an dem Hieb lag. Doch dann begriff sie, dass die Ladenglocke gebimmelt hatte.

»Wir sind hier hinten, Roland! Ich brauche Unterstützung!«

Natürlich konnte sie nicht wissen, ob wirklich ihr Kollege ins *Juist Wein Kontor* eingetreten war. Sie hoffte es einfach nur. Und dieses Gefühl wurde im Handumdrehen zur Gewissheit, als gleich darauf der Kommissar hereingestürmt kam. Er entwand dem Angreifer die Waffe. Mit vereinten Kräften gelang es den beiden Inselpolizisten, den sich wehrenden Kriminellen zu überwältigen und ihm Handschellen anzulegen.

»Man kann dich aber auch keine fünf Minuten allein lassen«, meinte Roland, während er die Taschen des Kerls nach weiteren Waffen oder gefährlichen Gegenständen durchsuchte. Er lächelte, und seiner Stimme war die Erleichterung anzuhören.

Antje war ihrem Freund dankbar dafür, dass er die gefährliche Situation mit Humor nahm. Das war ihr viel lieber als übertriebene Fürsorge. Sie zwinkerte ihm zu und erwiderte: »Ja, es ist schlimm mit mir. Kaum drehst du mir den Rücken zu, schon liege ich auf einem anderen Mann!«

Rolands Grinsen wurde noch breiter. Dann zeigte er auf die linke Hand des Festgenommenen.

»Schau mal, was für einen schönen Ring dein neuer Verehrer hat.«

Antje bekam große Augen. Sie war zuvor nur auf die Rechte des Mannes konzentriert gewesen, weil er damit die Pistole gehalten hatte. Doch nun schaute sie sich den Siegelring genauer an. Er ähnelte jenem des Toten wie ein Ei dem anderen.

Kapitel 13

Während Antje die Weinhändlerin von ihren Fesseln und dem Knebel befreite, hielt Roland einen Personalausweis hoch. Er war in der Brieftasche des Pistolenmannes fündig geworden.

»Dieser Herr hat sich vermutlich noch nicht vorgestellt«, sagte der Kommissar lächelnd. »Wir haben es mit einem gewissen Igor Schröder zu tun. – Sie haben nicht zufällig einen Bruder namens Sergej?«

Diese Frage stellte er dem Verhafteten, der immer noch in Handschellen auf dem Boden lag. Igor Schröder warf den Beamten zornige Blicke zu, hielt aber den Mund.

»Sie machen von Ihrem Recht zu schweigen Gebrauch, das ist vollkommen in Ordnung«, sagte Roland. Er fuhr fort: »Wir verhaften Sie wegen des Verdachts auf Freiheitsberaubung und des Angriffs auf eine Polizistin. Sie haben das Recht auf einen Anwalt und müssen sich nicht selbst belasten. – Und nun zeige ich Ihnen unsere gemütliche Arrestzelle!«

Mit diesen Worten packte der Kommissar den Verbrecher und half ihm auf die Beine. Igor Schröder leistete keinen weiteren Widerstand und ließ sich nach draußen führen.

Antje konzentrierte sich nun zunächst auf Sonja Tiekamp. Die Weinhändlerin zitterte nicht mehr. Ihre Brust hob und senkte sich, sie holte tief Atem. Wahrscheinlich war es ihr wegen des Knebels schwergefallen, genügend Luft zu bekommen. Sonja Tiekamp fuhr sich mit den Handflächen über ihr verschwitztes Gesicht. Antje berührte sie sanft an der Schulter.

»Soll ich einen Arzt rufen?«

Die Weinhändlerin zögerte kurz, dann schüttelte sie den Kopf: »Das wird nicht nötig sein, Frau Fedder. Dieser Kerl hat mich nicht ernsthaft verletzt. Er fesselte mich recht ruppig, und meine Handgelenke sind etwas abgeschürft. Deshalb muss ich mich aber nicht in medizinische Behandlung begeben.«

»Fühlen Sie sich dazu in der Lage, mir von den Ereignissen zu berichten?«

Sonja Tiekamp nickte und sagte: »Ja, das ist schnell erzählt. Ich hatte das Geschäft zur üblichen Zeit geöffnet, das Leben muss ja weitergehen. Mein Mann weigert sich übrigens, das *Juist Wein Kontor* zu betreten oder auch nur mit mir zu reden. Ich kann nicht sagen, was mit ihm geschehen ist. Der Tod dieses Kredithais muss ihn völlig aus der Bahn geworfen haben.«

»Sie waren also allein im Laden?«

»Ja, Frau Fedder. Ich ahnte nichts Böses, als plötzlich dieser Fremde hereinkam und ohne jede Vorrede seine Pistole zog. Ich bekam vor Angst kein Wort heraus. Er befahl mir, nach hinten zu gehen. Dort hat er mich dann gefesselt und geknebelt.«

»Wann war das?«, fragte Antje.

»Es muss ungefähr zehn Minuten vor Ihrem Eintreffen geschehen sein. Mir kam es so vor, als ob ich Stunden in seiner Gewalt gewesen wäre. Aber das war zum Glück nicht der Fall.«

»Hat der Täter gar nicht gesagt, was er von Ihnen wollte?«

Die Weinhändlerin erwiderte: »Nein, Frau Fedder. Dieser Mann muss wahnsinnig sein.«

»Daran habe ich meine Zweifel. Offenbar ging er geplant vor. Die Stricke und den Knebel wird er mitgebracht haben. Oder?«

»Ja, von mir hat er diese Gegenstände nicht bekommen. Worauf wollen Sie hinaus?«

»Frau Tiekamp, mein Kollege hatte eben gerade den Namen Ihres Angreifers genannt. Er könnte ein enger Verwandter des Ermordeten sein, der übrigens tatsächlich

Sergej Schröder hieß. – Es gab also wirklich keine Verbindung zwischen Ihnen und dem Toten?«

»Nein, wirklich nicht«, beteuerte Sonja Tiekamp. »Diese Beziehung existiert höchstens indirekt – weil ich mit Bernd verheiratet bin, der ja offenbar Ärger mit diesen Kredithaien hat. Vielleicht ist ja mein Kidnapper ebenfalls einer dieser Schurken. Es ist doch nicht normal, mir eine Pistole unter die Nase zu halten und mich zu fesseln.«

»Und für diese Taten wird sich der Verdächtige auch verantworten müssen«, versicherte die Kommissarin. Ob Sonja Tiekamp die Wahrheit gesagt hatte? Bisher sprach nichts gegen ihre Version. Doch warum war Igor Schröder der Überzeugung gewesen, dass die Weinhändlerin bei der Polizei ein Geständnis abgelegt hätte? Welcher Straftat konnte sie sich schuldig gemacht haben? Die Kommissarin war gespannt darauf, was der Verhaftete sagen würde. Vorausgesetzt, dass er irgendwann sein Schweigen brach.

»Ich gehe davon aus, dass Sie Strafanzeige erstatten wollen?«, fragte die Kommissarin.

»Das wird nicht nötig sein«, antwortete die Weinhändlerin. »Mir ist ja nichts geschehen, wenn man von dem Schrecken absieht. Sie haben den Mann verhaftet, er kann mir nun nicht mehr gefährlich werden.«

Antje fand diese Reaktion befremdlich, verkniff sich aber einen Kommentar. Sie zuckte mit den Schultern und sagte: »Das ist Ihre Entscheidung, Frau Tiekamp. Die Polizei wird allerdings schon von Amts wegen tätig werden. Bedrohung und Freiheitsberaubung sind keine Kavaliersdelikte. Und ich mag es überhaupt nicht, wenn mir jemand eine Waffe an den Kopf hält. – Falls Sie später Ihren Entschluss noch ändern wollen, dann ist das ebenfalls kein Problem.«

»Ich werde es mir durch den Kopf gehen lassen. Auf jeden Fall danke ich Ihnen und Ihrem Kollegen erst einmal ganz herzlich für die Rettung.«

»Das ist unser Job. – Und nun unterschreiben Sie bitte das Protokoll, deshalb war ich ja ursprünglich erschienen.«

Antje hob die Seiten vom Boden auf und reichte sie der Weinhändlerin. Während Sonja Tiekamp die Blätter überflog und schließlich ihren Namen auf das letzte Blatt kritzelte, dachte die Polizistin über ihre Reaktion nach. Warum wollte Sonja Tiekamp Igor Schröder nicht anzeigen? Befürchtete sie, dass dadurch für sie selbst unangenehme Tatsachen ans Tageslicht kommen würden? Antje hatte jedenfalls nicht vor, den Verhafteten davonkommen zu lassen. Sie nahm das Protokoll wieder entgegen und verabschiedete sich. Dieser Fall erschien der Kommissarin rätselhafter als je zuvor. Sie konnte es kaum erwarten, sich mit Roland über die neuesten Entwicklungen auszutauschen. Als Antje wenig später die Wache betrat, musterte ihr Kollege sie mit einem prüfenden Blick.

»Willst du dich nicht lieber verarzten lassen? Es ist unübersehbar, dass dir jemand ins Gesicht geschlagen hat.«

»Es blutet ja noch nicht mal, mein Lieber. Und ich bin eine Inselfriesin, wir sind aus hartem Holz geschnitzt. – Hat unser Logiergast inzwischen die Zähne auseinanderbekommen?«

»Nee, Igor Schröder ist weiterhin stumm wie eine Auster. Stattdessen konnte ich seiner Brieftasche noch einige Informationen entnehmen. Darin fand ich nämlich ein Ticket für die Morgenfähre.«

Antje rechnete in Gedanken das Zeitfenster zwischen dem Eintreffen des Schiffs und ihrem Erscheinen im Weinladen aus. Dann sagte sie: »Ja, das passt in etwa. Schröder traf auf Juist ein, hat sich kurz orientiert und dann schnurstracks das *Juist Wein Kontor* aufgesucht, um Sonja Tiekamp in die Mündung seiner Waffe schauen zu lassen und sie als Geisel zu nehmen.«

»Wobei mir der Sinn dieser Tat noch nicht ganz einleuchtet, aber darüber sollten wir uns in Ruhe unterhalten«, erwiderte der Kommissar. Er fuhr fort: »Igor Schröder ist übrigens Berufskraftfahrer, ich habe bei ihm einen Mitarbeiterausweis einer internationalen Spedition gefunden. Und in seiner Innentasche befanden sich ein paar Tankquittungen aus Rumänien, Bulgarien und Ungarn.«

»Drei Länder, in denen man sich relativ einfach auf dem Schwarzmarkt eine Schusswaffe besorgen kann«, stellte Antje trocken fest. »Hast du schon eine POLAS-Abfrage zu dem Kidnapper gemacht?«

»Bislang nicht, aber das lässt sich schnell nachholen«, gab Roland zurück. Doch die polizeiliche Datenbankabfrage wies nur auf zwei geringfügige Verkehrsstrafen hin, die bereits Jahre zurücklagen.

»Entweder ist Igor Schröder kein abgebrühter Berufsverbrecher oder er hat sich bisher bei seinen illegalen Machenschaften einfach nicht erwischen lassen«, vermutete Antje. »Wenn er ständig für die internationale Spedition auf Achse ist, wird er wohl keine Zeit haben, um für einen Kredithai Geld einzutreiben. – Haben die beiden Brüder eigentlich denselben Arbeitgeber?«

»Nee, das ist nicht der Fall. – Wollen wir uns jetzt erst mal eine Mittagspause gönnen?«, fragte der Polizist hoffnungsvoll.

»Ja, die haben wir uns nach diesem aufregenden Vormittag redlich verdient«, erwiderte seine Kollegin.

Kapitel 14

Antjes rechter Wangenknochen schmerzte ein wenig an der Stelle, wo Igor Schröders Faust sie getroffen hatte. Außerdem begann sich die Haut schon zu verfärben. Die Kommissarin hätte ihre Blessur mit Make-up kaschieren können, aber das musste warten. Die beiden fuhren mit ihren Rädern zu *Frankies Grill*, wo sie meistens ihre Mittagsmahlzeit zu sich nahmen. Antje bestellte in dem beliebten Imbiss eine Erbsensuppe, Roland wollte eine Currywurst mit Pommes Frites. Dazu tranken sie alkoholfreies Bier. Während sie auf ihr Essen warteten, dachte der Kommissar laut nach: »Tiekamp hat uns angelogen, so viel steht fest. Er wusste, wo sich der Tote befand. Wir haben es ihm jedenfalls nicht verraten. Er könnte Sergej Schröder selbst getötet haben. Am Morgen erschien er dann auf der Polizeistation, um von sich selbst abzulenken und uns die Geschichte vom Mordkomplott seiner Frau und ihres Liebhabers unterzujubeln.«

Antje erwiderte: »Richtig, aber ebenso gut könnte Sonja Tiekamp Dreck am Stecken haben. Als ich sie und Igor Schröder im Hinterzimmer antraf, hatte ich ein schriftliches Protokoll bei mir, wie du weißt. Der Kidnapper hielt es für ein Geständnis. – Was für eine Tat hätte die Weinhändlerin denn beichten sollen? Den Mord an Sergej Schröder? Aber was für ein Motiv könnte sie für so ein Verbrechen haben?«

»Das ist eine sehr gute Frage«, betonte Roland. »Wir könnten sie natürlich Igor Schröder stellen – in der Hoffnung, dass er sein Schweigen bricht. Verlassen sollten wir uns darauf allerdings in keinem Fall. Letztlich müssen wir uns für eine von zwei komplett verschiedenen Geschichten entscheiden: Entweder war Sergej Schröder tatsächlich Sonja Tiekamps Liebhaber oder er wollte bei dem Weinhändler ausstehende Zahlungen eintreiben.«

»Wir sollten dem Ehepaar erst einmal nichts glauben, sondern uns auf harte Fakten konzentrieren«, forderte Antje. »Und an dem Punkt machen wir direkt nach dem Essen weiter.«

Mit diesen Worten griff sie zum Smartphone.

»Wen rufst du an?«, wollte ihr Kollege wissen.

»Die Staatsanwaltschaft in Emden. Wir benötigen einen Durchsuchungsbeschluss für Tiekamps Hotelzimmer.«

Wenig später hatte die Kommissarin den passenden Ansprechpartner am Apparat. Antje Fedder hatte einen guten Ruf als besonnene Polizistin, die nicht gleich aus einer Mücke einen Elefanten machte. Daher war der Staatsanwalt schnell von der Dringlichkeit ihres Anliegens zu überzeugen. Er versprach, das Dokument umgehend nach Juist zu faxen.

Inzwischen war auch das Essen zubereitet, und die beiden ließen es sich schmecken. Nachdem sie gezahlt hatten, kehrten Antje und Roland zur Wache zurück. Dort war inzwischen das Dokument aus Emden eingetroffen. Nun machten sie sich auf den Weg zum *Hotel Teeklipper*.

»Verena Jasper hat sich immer noch nicht bei uns gemeldet«, stellte der Kommissar fest. »Ich hoffe nicht, dass ihr Liebhaber abzuhauen versucht.«

Antje entgegnete: »Bernd Tiekamp könnte natürlich türmen, aber dadurch würde er seine Opferrolle infrage stellen. Und wenn er sich durch uns nicht genügend beschützt fühlt, hätte er die Insel schon längst verlassen und auf dem Festland Strafanzeige gegen seine Frau und ihren angeblichen Liebhaber stellen können.«

Sie konnte nicht einschätzen, ob der Weinhändler wirklich so weit gedacht hatte. Die Inselpolizisten betraten die Hotelhalle. An der Rezeption war wieder die junge Angestellte Thea tätig. Sie begrüßte die Kommissare mit einem Lächeln, als ob sie alte Bekannte wären.

»Moin, was kann ich heute für Sie tun?«

»Ist Herr Tiekamp auf seinem Zimmer?«, fragte Antje zurück.

Thea warf einen Blick auf das Schlüsselbrett und antwortete: »Nein, momentan nicht.«

»Wir müssen uns in seinem Raum umsehen.«

Mit diesen Worten präsentierte die Polizistin den Durchsuchungsbeschluss.

Thea riss die Augen auf.

»Ich informiere gleich den Direktor, damit er Ihnen persönlich aufschließt«, stammelte sie und griff zum Telefonhörer. Es dauerte nicht lang, bis Hans Rieken erschien. Er war ein gebürtiger Juister, daher kannte er Antje seit ihrer Geburt.

»Moin, ihr beiden«, begrüßte der grauhaarige Hoteldirektor die Polizisten. »Ich hoffe nicht, dass einer meiner Gäste die Gesetze gebrochen hat.«

»Das wissen wir noch nicht, Hans. Und deshalb müssen wir uns Klarheit verschaffen«, sagte Antje, während sie ihm das Dokument überreichte.

Rieken schaute sich den Durchsuchungsbeschluss an und führte die Polizisten zu dem Zimmer, das er mit dem Generalschlüssel öffnete. Antje und Roland zogen sich Latexhandschuhe über. Das Zimmermädchen war offenbar schon fleißig gewesen, jedenfalls war das Bett gemacht. In der Nasszelle roch es nach einem Reinigungsmittel auf Zitronenbasis, außerdem lagen dort frische Handtücher. Viele Gegenstände gab es nicht, da Tiekamp ja nach eigenen Angaben Hals über Kopf aus seinem eigenen Haus geflohen war. Antjes Blick fiel auf den verschlossenen Zimmersafe.

»Hans, könntest du uns auch den Tresor öffnen?«

»Ja, das ist uns im Notfall möglich, falls ein Gast mal die Kombination vergessen hat.«

Der Hoteldirektor machte den Safe auf. Darin befanden sich mehrere dicke Euro-Banknotenbündel. Roland nahm sie heraus und zählte den Betrag durch.

»Das sind viertausend Euro«, stellte er fest.

*

»Was ist hier los?«

Diese Frage kam von Bernd Tiekamp. Weder Antje noch Roland oder der Hotelier hatten den Weinhändler bemerkt, der soeben durch die offen stehende Tür eingetreten war. Sie waren auf den Tresor und dessen Inhalt konzentriert gewesen. Tiekamp hörte sich empört an. Er gestikulierte wild und fuhr fort: »Wer gibt Ihnen das Recht, ungefragt in mein Zimmer einzudringen? Ich werde mich über Sie beschweren. – Was ist das überhaupt für ein Hotel, in dem solche Dinge möglich sind?«

Hans Rieken war die Situation sichtlich unangenehm, das konnte die Kommissarin seinem Gesichtsausdruck entnehmen. Sie ließ sich nicht beirren: »Herr Tiekamp, wir haben einen offiziellen Durchsuchungsbeschluss von der Staatsanwaltschaft Emden. Das hat alles seine Richtigkeit. – Und nun möchte ich von Ihnen gern erfahren, woher dieses Geld stammt!«

Sie deutete auf die Banknotenbündel in Rolands Händen. Der Weinhändler schaute den Polizisten an. Tiekamps Wut schien einer großen Verblüffung zu weichen, zumindest kam es Antje so vor.

»Ich verstehe die Frage nicht, Frau Fedder. Woher soll ich das wissen?«

Sie zeigte auf den Zimmersafe und sagte: »Nun, die Summe von viertausend Euro befand sich in *diesem* Tresor, in *Ihrem* Raum.«

»Das ist unmöglich, ich habe den Safe gar nicht benutzt. Glauben Sie, ich würde so viel Bargeld mit mir führen? Warum sollte ich das tun?«

Vielleicht, um die fällige Rate des Kredithais zu zahlen, bevor du ihn getötet und dadurch das Geld eingespart hast? Diese Überlegung warf die Kommissarin dem Verdächtigen nicht an den Kopf, sondern stellte sie nur in Gedanken an. Ihrer Meinung nach war der Fund des großen Bargeldbetrags ein weiterer Hinweis auf Tiekamps Schuld.

»Ich werde den Tatortkoffer holen und Fingerabdrücke sichern«, bot Roland an. »Wenn Sie die Wahrheit sagen, dann werden sich Ihre Prints und Ihre DNA nicht an dem Tresor nachweisen lassen.«

Bevor Tiekamp reagieren konnte, schaltete sich der Hotelbesitzer ein: »Dieses Zimmer ist bereits gereinigt worden, wir legen sehr großen Wert auf Hygiene. Daher werden selbstverständlich alle Oberflächen geputzt, das gilt natürlich auch für die Safetür.«

Damit hatte Antje schon gerechnet, aber sie ließ sich dadurch nicht beirren: »Wir sollten dieses Gespräch besser auf der Wache fortsetzen. – Herr Tiekamp, ich nehme Sie unter Verdacht des Mordes an Sergej Schröder alias Fredo Brahe fest. Sie müssen sich nicht zur Sache äußern und können einen Rechtsbeistand hinzuziehen.«

Kapitel 15

Der Weinhändler wirkte überrascht: »Sie verhaften mich? Ich bin hier das Opfer, meine Frau und dieser Sergej oder Fredo – oder wie immer er wirklich heißen mag – wollten mich töten.«

»Sie sind aber noch am Leben, im Gegensatz zu Sergej Schröder«, stellte Roland trocken fest. »Ich werde Sie jetzt durchsuchen. Haben Sie Waffen oder spitze Gegenstände bei sich, an denen ich mich verletzen könnte?«

Tiekamps Antwort bestand aus einem Kopfschütteln. Der Polizist fand in seinen Taschen tatsächlich nichts, das sich als Waffe hätte verwenden lassen können.

»Wenn Sie sich ruhig verhalten, können wir auf Handschellen verzichten«, stellte Antje in Aussicht.

Tiekamp erwiderte: »Meine Frau muss Sie um den kleinen Finger gewickelt haben. Anders kann ich mir nicht erklären, dass ich plötzlich ein Verbrecher sein soll. – Ich weiß jedenfalls, was ich gesehen und gehört habe.«

Darauf erwiderten die Kommissare nichts. Sie bedankten sich bei dem Hotelbesitzer, der sie erleichtert verabschiedete. Rieken hatte natürlich mitbekommen, dass es um Mord ging. Die ganze Insel wusste inzwischen, dass eine Person unweit vom Hammersee gewaltsam ums Leben gekommen war. Es gefiel dem Hotelbesitzer verständlicherweise nicht, einen Mordverdächtigen in seinem Haus zu beherbergen.

Auf dem Weg zur Polizeistation kam ihnen die Bürgermeisterin entgegen.

Auch das noch!, dachte Antje. Sie hatte die Freundin ihres Vaters seit dem vorzeitig beendeten Abendessen nur einmal kurz auf der Wache getroffen, da die Ermittlungen im Vordergrund standen. Da die Polizisten in Begleitung von Tiekamp waren, würde Silke Meester wohl nicht auf private Themen zu sprechen kommen. Dies war aber auch das einzig Positive, das die Kommissarin dieser zufälligen Begegnung abgewinnen konnte.

»Moin, Herr Tiekamp«, sagte die Amtsträgerin, während sie Antje und Roland zunickte. »Benötigen Sie heute Polizeischutz?«

Die Bürgermeisterin wollte einen Scherz machen, denn sie brachte ihre Frage lächelnd und augenzwinkernd vor. Diese Absicht ging gründlich daneben.

»Sie irren sich gewaltig, Teuerste!«, stieß der Weinhändler mit einem anklagenden Unterton hervor. »Diese Polizisten wollen mich einsperren, weil sie mich fälschlicherweise für einen Mörder halten!«

Dieser Ausbruch schockierte die Bürgermeisterin offensichtlich, und ihre Reaktion kam prompt: »Aber – das kann sich doch nur um ein bedauerliches Missverständnis handeln!«

Antje war sich im Klaren darüber, dass Silke Meester in Tiekamp vor allem einen Gewerbesteuerzahler sah, den man auf gar keinen Fall vor den Kopf stoßen durfte.

»Es gibt einen konkreten Verdacht gegen Herrn Tiekamp«, betonte die Kommissarin mit erzwungener Ruhe. »Falls sich dieser als unbegründet herausstellen sollte, werden wir ihn natürlich sofort wieder auf freien Fuß setzen. Bis dahin lassen Sie uns bitte einfach unsere Arbeit machen.«

Die Inselpolizistin konnte keine Rücksicht auf Silke Meesters Bedenken nehmen, nur weil die Bürgermeisterin seit einiger Zeit mit ihrem Vater zusammen war. Gerade deshalb durfte sie sich nicht in ihrem Urteil beeinflussen lassen. Antje gönnte Tjark Fedder dieses späte Glück, doch ihr eigenes Leben war dadurch nicht einfacher geworden.

»Nun, ich wollte mich keinesfalls einmischen«, gab die Amtsträgerin deutlich pikiert zurück. »Lassen Sie sich nicht aufhalten!«

Mit diesen Worten schob sie ihr Fahrrad, von dem sie kurzzeitig abgestiegen war, an den drei Personen vorbei. Sie stieg auf und trat in die Pedale, ohne die Polizisten und den Verhafteten noch eines weiteren Blicks zu würdigen. Roland wedelte mit der linken Hand, als ob er sich verbrannt hätte.

»Die Dame wird sich schon wieder beruhigen«, raunte er seiner Freundin zu.

Antje nickte. Die Befindlichkeiten ihrer Stiefmutter in spe waren momentan ihre geringste Sorge. Sie ließ Tiekamp nicht aus den Augen. Der Weinhändler schien die Polizisten nun mit Nichtachtung strafen zu wollen. Seine Miene war wie versteinert. Schweigend ließ er sich ins Wachlokal führen, wo Antje ihm ihren Besucherstuhl anbot.

»Möchten Sie etwas trinken, Herr Tiekamp? Vielleicht ein Mineralwasser oder einen Tee?«

»Nein, danke, Frau Fedder«, gab er kühl zurück. »Ich will diese unwürdige Farce so zügig wie möglich hinter mich bringen.«

»Und wie sieht es mit einem Rechtsbeistand aus?«, fragte Roland.

Der Weinhändler wandte sich dem Kommissar zu: »Ich werde keinen Strafverteidiger brauchen, da ich unschuldig bin.«

Nachdem sich Tiekamp noch damit einverstanden erklärt hatte, dass es einen Mitschnitt der Befragung als Audiodatei geben würde, begann Antje mit dem Verhör. Roland stellte sich neben sie, damit er den Verdächtigen ebenfalls im Blickfeld hatte. Falls der Weinhändler nervös war, ließ er es sich jedenfalls nicht anmerken. Er nahm Blickkontakt mit der Polizistin auf, seine Hände ruhten auf seinen Knien und er atmete so gleichmäßig, als ob er mit einer Entspannungs-übung beginnen wollte.

Die Kommissarin sagte: »Ich möchte jetzt noch einmal von Ihnen hören, was sich in der Nacht vom ersten auf den zweiten Oktober abgespielt hat.«

Tiekamp hob seine Augenbrauen und erwiderte: »Das habe ich Ihnen doch schon berichtet. Ich belauschte meine Frau und ihren Liebhaber in dem von ihm gemieteten Ferienhaus. Als ich von den Mordplänen erfuhr, floh ich und nahm mir ein Zimmer im *Hotel Teeklipper*.«

»Wo Sie auf Verena Jasper trafen«, ergänzte Roland. »In welcher Beziehung stehen Sie zu dieser Dame?«

»Das ist meine Privatsache, Herr Witte.«

»Bei einer Mordermittlung können wir darauf keine Rücksicht nehmen«, stellte Antje klar.

Tiekamp schwieg einen Moment lang, dann sagte er feierlich: »Frau Jasper und ich sind so etwas wie Seelenverwandte. Nach der großen Enttäuschung durch meine Ehefrau war es für mich ein großes Glück, einen mir so zugewandten Menschen wie diese treue Kundin zu treffen. Und ich bin dankbar dafür, dass sie auch etwas für mich empfindet.«

Die salbungsvolle Art des Weinverkäufers ging der Kommissarin auf die Nerven. Sie legte den Finger in die Wunde: »Woher wussten Sie, wo Sergej Schröder umgebracht wurde?«

Die Frage brachte Tiekamp ins Schleudern.

»Ich verstehe nicht«, stammelte er.

»Oh, Sie verstehen sehr gut!«, beharrte Antje. »Bei einer früheren Befragung erwähnten Sie, dass die Leiche unweit vom Hammersee liegt. Woher hatten Sie diese Information? Von uns jedenfalls nicht!«

»Sie müssen sich täuschen, Frau Fedder.«

»Das denke ich nicht«, gab sie ruhig zurück. Roland wollte nachfassen, aber seine Kollegin hielt ihn mit einer kleinen Geste zurück. Sie spürte, dass Tiekamp mit sich selbst rang.

Es war klar, dass er nicht die Wahrheit gesagt hatte. Ob er sich nun überlegte, dass ein Geständnis ihm längerfristig nur nutzen konnte?

Nach einer Weile öffnete der Weinhändler wieder den Mund: »Also gut, ich habe nicht die ganze Wahrheit gesagt. – Nachdem ich Sonja und ihren Freund belauscht hatte, trat ich nicht sofort den Rückzug an. Stattdessen versteckte ich mich hinter einer Hecke auf dem gegenüberliegenden Grundstück in der Gräfin-Theda-Straße.«

»Aus welchem Grund?«

»Diese Frage kann ich nicht beantworten, Herr Witte. Es war eine spontane Eingebung. Ich wollte herausfinden, was dieses Duo als Nächstes plante. Und nach einer Weile sah ich die beiden einträchtig das Ferienhaus verlassen. Sie spazierten in der Finsternis Richtung Hammersee.«

»Und was taten Sie?«, wollte Antje wissen.

»Ich folgte dem Paar mit einem gewissen Abstand.«

»Nachts, ohne eine Lichtquelle?« Rolands Frage verriet seine Skepsis. »Im Naturschutzgebiet sieht man doch nach Einbruch der Dunkelheit kaum die Hand vor Augen.«

»Das stimmt, und ich bin mehrfach gestolpert. Gleichzeitig waren die schlechten Lichtverhältnisse mein bester Schutz. Sonja und ihr Liebhaber hatten nämlich eine Taschenlampe bei sich, an der ich mich orientieren konnte. So folgte ich ihnen, ohne selbst gesehen zu werden.«

War diese Behauptung glaubhaft? Darüber konnte Antje sich später Gedanken machen. Momentan fiel ihr auf, dass Tiekamp zögerte.

»Wie ging es weiter?«, bohrte sie nach.

Der Weinhändler atmete tief durch und sagte: »Nach einiger Zeit erlosch die Taschenlampe. Ich verlor die Orientierung und verlief mich etwas. Zum Glück vertrieb der Wind die Wolken, und das Mondlicht spendete ein wenig Helligkeit. Ich stellte fest, dass ich schon fast am Ufer des

Hammersees war. Da bemerkte ich eine leblose Gestalt. Ich erschrak, trat aber näher. Es handelte sich um den Liebhaber meiner Frau. Er war tot. Ein Messer steckte in seinem Körper.«

Die letzten Sätze schienen Tiekamp besonders angestrengt zu haben. Er keuchte, als ob er bei einem Marathonlauf auf der Zielgeraden war. Einen Moment lang herrschte Ruhe, dann fragte Roland: »Das sollen wir Ihnen glauben?«

»Es ist die Wahrheit. Ich habe diesen Menschen nicht getötet.«

»Angenommen, es wäre wirklich so gewesen – warum haben Sie uns nicht schon eher von Ihrem Leichenfund berichtet?«

»Ihr Einwand ist berechtigt«, gab der Weinhändler dem Kommissar gegenüber zu. Er fuhr fort: »Wahrscheinlich liegt es daran, dass mir meine Frau immer noch nicht gleichgültig ist, obwohl sie an dem Mordkomplott beteiligt war. Und es spricht einiges dafür, dass Sonja diesen Mann getötet hat, oder?«

»Wie man es nimmt«, sagte Antje kühl. »Sie haben uns nämlich erneut belogen. Sie behaupten, Ihre Frau und Sergej Schröder in trauter Zweisamkeit auf dem Sofa im Ferienhaus beobachtet zu haben. – Dies ist gar nicht möglich. Ich habe durch das Fenster geschaut. Es gibt von draußen überhaupt keinen Blickwinkel, in dem man das Sitzmöbel und die Personen darauf sehen könnte.«

Tiekamp schaute die Kommissarin an, als ob sie nicht alle Tassen im Schrank hätte. Dann schüttelte er heftig den Kopf und stammelte: »Sie müssen sich irren, Frau Fedder! Ich bin alt, aber nicht senil. Auf meine Augen kann ich mich verlassen. Und ich weiß, was ich gesehen habe.«

Roland versuchte, dem Verdächtigen eine goldene Brücke zu bauen: »Wir gehen davon aus, dass die Mordwaffe dem Opfer selbst gehört hat. War es nicht so, dass Sie mit Sergej

Schröder gekämpft haben? Stürzte er sich vielleicht auf Sie, mit dem Bajonett in der Hand? Dann stellt sich die Situation für den Staatsanwalt schon ganz anders dar. Wenn Sie ein Geständnis ablegen, können Sie dadurch Ihre Lage nur verbessern.«

»Das mag sein, aber ich habe niemanden getötet, Herr Witte! Es tut mir leid, wenn ich durch meine Angaben meine Ehefrau belasten muss, aber ich bleibe dabei: Sonja und ihr Liebhaber gingen gemeinsam Richtung Hammersee, und ich fand die Leiche dieses Mannes.«

»Und Sie hielten es nicht für nötig, die Polizei oder einen Arzt zu verständigen«, stellte die Polizistin fest.

»Der Mann war tot, er hatte keinen Puls mehr. Natürlich habe ich mich vergewissert, ob ihm noch zu helfen wäre. Für was für einen Menschen halten Sie mich eigentlich? – Gewiss, ich hätte sofort Hilfe holen müssen. Doch ich stand unter Schock, ich brauchte dringend selbst Beistand. Also irrte ich über die Insel, bis ich schließlich im Hotel Teeklipper landete und bei Frau Jasper verständnisvollen Beistand fand.«

An dieser Stelle hakte Antje nach: »Um welche Uhrzeit trafen Sie dort ein?«

»Das weiß ich nicht mehr.«

»Laut Frau Jasper öffnete sie Ihnen gegen ein Uhr morgens ihre Zimmertür. Und das bedeutet: Sie haben für die Tatzeit kein Alibi«, teilte die Kommissarin dem Verdächtigen mit.

Tiekamp wurde immer unruhiger. Von seiner ursprünglich zur Schau getragenen Gelassenheit war nichts mehr übriggeblieben. Seine Stimme zitterte: »Der Mann muss getötet worden sein, kurz bevor ich ihn fand. Er war der Geliebte meiner Frau, vielleicht gerieten die beiden in Streit miteinander.«

Die Kommissarin zeigte mit dem Finger auf Tiekamp: »Das ist *Ihre* Version. Handelte es sich bei Sergej Schröder nicht vielmehr um den Gehilfen eines Kredithais, der Sie wegen ausstehender Raten extrem unter Druck setzte? Waren Sie nicht mit ihm verabredet?«

»Wie bitte?! Warum sollte ich mich denn mit diesem Menschen treffen wollen, Frau Fedder?«

Antje holte das Smartphone des Weinhändlers hervor, rief die entlarvende Textnachricht auf und zeigte ihm diese.

Tiekamp reagierte fassungslos: »›Treffen heute um Mitternacht bei der Plattform am Hammersee. Wenn du das Geld nicht bringst, breche ich dir alle Finger‹? Diese Sätze lese ich jetzt zum ersten Mal, davon weiß ich nichts!«

»Aber es handelt sich doch um Ihr Telefon, oder?«

Tiekamp ging auf die Frage der Polizistin nicht ein. Er senkte den Kopf.

Antje fuhr unbeirrt fort: »Ich werde Ihnen sagen, was geschehen ist: Ihr *Juist Wein Kontor* wirft nicht genug Gewinn ab. Ihnen steht finanziell das Wasser bis zum Hals, Sie leihen sich Geld bei einem Kredithai. Doch Sie geraten mit der Rückzahlung in Verzug. Sergej Schröder als der Eintreiber dieses Wucherers schickt Ihnen die Drohung, woraufhin Sie zum Treffpunkt gehen. Sie haben sogar die viertausend Euro dabei, die er von Ihnen fordert. Doch dann gerät die Lage außer Kontrolle. Vielleicht bedroht Schröder Sie, es kommt zum Kampf, Sie töten ihn und fliehen. Sie überlegen sich, wie Sie die Sache unter den Teppich kehren können. Es gibt ja eine neue Frau in Ihrem Leben. Warum also nicht zwei Fliegen mit einer Klappe schlagen und auch noch Sonja loswerden? Also kommen Sie am nächsten Morgen zur Polizeistation und behaupten, dass Schröder der Liebhaber Ihrer Gattin sei und die beiden einen Mordanschlag planen würden.«

»Sie … Sie … das ist völlig absurd!«, protestierte der Weinhändler.

Daraufhin holte Roland einen Beutel für Beweisstücke hervor und legte ihn auf den Schreibtisch. Er sagte: »Und woher kommen diese viertausend Euro, die wir im Safe Ihres Hotelzimmers sichergestellt haben?«

»Jedenfalls nicht von mir, Herr Witte. Ich werde ab sofort die Aussage verweigern, bis ich mit einem Rechtsanwalt gesprochen habe!«

Kapitel 16

Tiekamp bekam die Möglichkeit, mit der Kanzlei eines Strafverteidigers aus Norden zu telefonieren. Der Jurist wollte schon am nächsten Tag nach Juist kommen. Da Flucht- und Verdunkelungsgefahr bestand, wurde der Weinhändler von Roland in die zweite freie Arrestzelle gebracht. Der Kommissar kehrte zu seiner Kollegin ins Wachlokal zurück und sagte: »Falls unser Mordverdächtiger nicht gestehen will, sollten die Indizien für eine Anklage gegen ihn ausreichen.«

Antje reagierte nicht sofort. Sie hatte den Pfeifkessel aufgesetzt, um Tee zu kochen. Nachdenklich blickte sie aus dem Fenster. Plötzlich wurde ihr bewusst, dass Roland sie angesprochen hatte. Mit einem entschuldigenden Lächeln auf den Lippen drehte sie sich zu ihm um: »Ich wollte dich nicht ignorieren, ich gehe nur noch in Gedanken den Ablauf der Mordnacht durch. Tiekamp schien aus allen Wolken zu fallen, als ich ihm unter die Nase rieb, dass er seine Frau und Schröder in dem Ferienhaus gar nicht gesehen haben konnte.«

»Ja, weil du seine Lüge durchschaut hattest«, erwiderte der Polizist schulterzuckend. Der Kessel begann zu pfeifen und heißen Dampf auszustoßen, als ob das Küchengerät ihm zustimmen wollte. Antje goss das heiße Wasser in die Teekanne und gab zu bedenken: »Es wäre auch möglich, dass er die Wahrheit sagt und seine Frau ihn so richtig aufs Kreuz legen will.«

»Das verstehe ich nicht«, gab ihr Kollege zu. »Du hast mir doch selbst erzählt, wie die Möbel dort stehen. Er hätte das Pärchen gar nicht durchs Fenster beobachten können.«

»Richtig, und deshalb kann Sonja Tiekamp nur mit einem Komplizen zusammengearbeitet haben. – Wir müssen noch einmal dorthin und uns genauer umschauen. Außerdem sehen vier Augen mehr als zwei.«

»Es ist mir stets ein Vergnügen, dich zu begleiten«, beteuerte Roland, wobei er ihr freundlich zublinzelte. Er fuhr fort: »Falls dein Verdacht stimmt, dann muss die Weinhändlerin auch im Hotel Hilfe bekommen haben. Angenommen, Tiekamps Geschichte entspricht der Wahrheit und Schröder war gar kein Kreditthai. Dann müsste logischerweise seine Gattin das Geld in seinem Safe deponiert haben, um seine Glaubwürdigkeit zu untergraben. Und sie konnte mit einem Prepaid-Handy die Nachricht mit der angeblichen Verabredung um Mitternacht an das Smartphone ihres Ehemanns senden. – Allmählich beginne ich, mich mit deiner Überlegung anzufreunden.«

»Noch ist es nur eine Vermutung«, betonte Antje, wobei sie einen Zeigefinger hob, »aber wir sollten uns zumindest vergewissern, ob an der Sache etwas dran ist.«

Die Polizisten tranken zunächst gemeinsam eine Tasse Tee und besprachen, wie sie weiter vorgehen wollten. Antje nutzte die Zeit, um den Ferienhausvermieter anzurufen: »Jannis, könntest du uns bitte noch einmal dein Haus in der Gräfin-Theda-Straße aufschließen? Wir müssen eine Sache überprüfen.«

Sie beendete das kurze Telefonat und sagte zu Roland: »Dekker war nicht begeistert, aber er will sich mit uns dort in einer halben Stunde treffen.«

»Bevor wir losfahren, könnten wir Igor Schröder ins Gewissen reden«, schlug der Kommissar vor. Seine Kollegin war einverstanden. Sie gingen zu der Arrestzelle, die von Sonja Tiekamps Kidnapper belegt wurde. Er hockte auf seiner Pritsche, wobei er die Ellenbogen auf die Knie gestützt hatte. Er starrte dumpf vor sich hin und warf den Beamten einen ausdruckslosen Blick zu.

»Wir können Sie nicht dazu zwingen, mit uns zu reden«, unterstrich Antje, »doch Sie sollten wissen, dass wir den Mörder oder die Mörderin Ihres Bruders schon sehr bald verhaften werden. Dafür benötigen wir Ihre Hilfe. Sie können uns Informationen liefern, die wir bisher noch nicht kennen. Überlegen Sie es sich, Herr Schröder. Wir haben jetzt etwas zu erledigen, kehren aber bald zurück.«

Igor Schröder machte immer noch nicht den Mund auf. Trotzdem – die Kommissarin glaubte, ihn zum Nachdenken gebracht zu haben. Zumindest zeigte er nicht mehr so einen verschlossenen Gesichtsausdruck.

»Igor Schröder hatte es gezielt auf Sonja Tiekamp abgesehen«, meinte Roland, als die beiden wenig später die Wache verließen. »Also muss er gewusst oder geahnt haben, dass sie etwas mit dem Tod seines Bruders zu tun hatte.«

»Ich bin derselben Meinung, mein Lieber. Es wäre aber gut, diese Aussage aus Igors Mund zu hören.«

Inzwischen war es später Nachmittag. Viele Urlauber kehrten von ausgedehnten Strandspaziergängen in ihre Ferienquartiere zurück oder ließen sich in einem der Restaurants ein frühes Abendessen schmecken. Auch im Oktober gab es noch unerschrockene Windsurfer, die in ihren Neoprenanzügen die Wellen vor dem Hauptbadestrand ritten. Als die Polizisten beim Ferienhaus eintrafen, war Dekker bereits vor Ort. Er trat von einem Fuß auf den anderen und spielte ununterbrochen mit dem zerschlissenen Armband seiner Uhr. Als die Kommissarin ihn anschaute, wich er ihrem Blick aus. Sie dachte sich ihren Teil, sagte aber noch nichts. Der Vermieter nickte Roland zu und fragte: »Hast du vorhin etwas vergessen, Antje?«

»Das wird sich zeigen«, erwiderte sie.

Dekker gab ein Geräusch von sich, das wie ein Seufzen klang. Er schloss die Tür auf. Antje sah ihm an, dass er sich am liebsten verdrückt hätte. Sie ging direkt ins Wohnzimmer durch und kniete sich dort auf den Boden. Auch ohne Lupe konnte sie erkennen, worauf sie bei ihrem ersten Besuch nicht geachtet hatte: Man musste genau hinschauen, um die Schleifspuren vom Möbelrücken zu bemerken. Doch sie waren zweifellos vorhanden.

»Schau dir das an, Roland«, sagte sie laut. »Das Sofa hat zuvor an einer anderen Stelle gestanden. Und wenn es sich dort befindet, kann man es vom Fenster aus problemlos sehen. – Hast du uns nichts zu erklären, Jannis?«

Mit ihrer Frage richtete sie sich an den Ferienhausvermieter. Dekker presste die Lippen aufeinander. Sein Blick irrlichterte durch den Raum, als ob er nach einer brauchbaren Ausrede suchen würde. Offenbar fiel ihm keine ein. Nach einem Moment des Schweigens stammelte er: »Ich habe dir nicht die ganze Wahrheit gesagt, Antje. Das Haus ist aktuell vermietet, an einen gewissen Sergej Schröder. Es steht nicht leer. Und er hat eine Freundin, diese blonde Frau aus dem Weinladen.«

»Du meinst Sonja Tiekamp.«

»Ja, so heißt sie. Die Frau war es auch, die zu mir kam und mich bat, die Möbel im Wohnzimmer umzustellen. Außerdem nahm sie Schröders Gepäck mit. Falls die Polizei nachfragt, sollte ich sagen, dass ich das Haus aktuell nicht vermiete.«

»Und diese Gefälligkeit hat sie sich gewiss etwas kosten lassen, oder?«

»Ja, Antje. Ich bekam zweitausend Euro auf die Hand, schwarz. Du weißt, dass ich immer knapp bei Kasse bin.«

»Das ist noch kein Grund, die Polizei anzulügen«, mahnte die Kommissarin. Vielleicht hatte Dekker gar nicht gewusst, dass es momentan einen Mordfall auf der Insel gab. Sie selbst hatte ihm gegenüber nur eine Ermittlung erwähnt, ohne sich genauer festzulegen. Immerhin konnte man ihm die Reue für seine Dummheit an der Nasenspitze ansehen.

»Es ist wichtig, dass du diese Aussage schriftlich zu Protokoll gibst«, sagte sie eindringlich. »Bitte komm gleich morgen früh zur Polizeistation, damit wir die Sache unter Dach und Fach bringen können.«

»Ja, das mache ich. – Bekomme ich nun Schwierigkeiten?«

»Das hängt von der Staatsanwaltschaft ab«, erklärte Antje. »Hast du Sonja Tiekamp gar nicht gefragt, warum sie die Möbel umstellen wollte und Schröders Sachen verschwinden ließ?«

»Sie meinte, dass sie ihrem Mann einen Streich spielen wollte«, antwortete Dekker kleinlaut.

Die Polizisten hatten zunächst genug erfahren. Sie machten noch ein paar Fotos von den Schleifspuren und verabschiedeten sich. Auf dem Rückweg zur Wache sagte Roland: »Sonja hat offenbar alles getan, um den Mordverdacht auf ihren Gatten zu lenken. Sie will ihn lebenslang hinter Gitter bringen. Aber warum musste ihr Liebhaber sterben?«

»Bei der Beantwortung dieser Frage wird uns hoffentlich Igor helfen«, erwiderte Antje. Aber noch stand nicht fest, ob der Bruder des Toten mit den Polizisten sprechen würde.

Kapitel 17

Dekkers Aussage und die Spuren im Ferienhaus deuteten darauf hin, dass Tiekamp die Wahrheit gesagt hatte – wahrscheinlich waren seine Frau und Schröder wirklich auf dem Sofa von ihm beobachtet worden. Es erschien trotzdem noch etwas früh, um ihn aus dem Arrest zu entlassen, wie Antje fand. Sie und ihr Kollege wollten zunächst die letzten Teile des Puzzles zusammensetzen. Als die beiden wieder auf der Wache waren, schloss die Kommissarin Igor Schröders Arrestzelle auf.

»Nun?«

Mehr musste sie nicht zu ihm sagen. Er stand von seiner Pritsche auf.

»Ich habe nachgedacht, ich werde reden.«

Antje nickte und lotste Schröder zu ihrem Besucherstuhl im Wachlokal, wo er Platz nahm. Roland brachte ihm ein Mineralwasser, das er mit einem Kopfnicken entgegennahm. Die Polizistin fragte: »Warum sind Sie nach Juist gekommen, Herr Schröder?«

»Weil ich mir Sorgen um meinen Bruder gemacht habe. Ich fürchtete, dass er in Schwierigkeiten stecken könnte.«

»Sergej ist ja bereits früher mit dem Gesetz in Konflikt geraten«, erinnerte Roland.

Schröder warf ihm einen gereizten Blick zu: »Mir war klar, dass Sie darauf herumreiten würden! Aber Sergej hatte sich geändert, er arbeitete wirklich hart – er wollte ein normales Leben, mit einer Frau und später auch mit Kindern.«

»Wir mussten zwangsläufig auf die Vorstrafe Ihres Bruders stoßen, als seine Fingerabdrücke untersucht wurden«, erklärte Antje. »Woher wussten Sie denn, dass Sergej sich auf Juist befand?«

»Er hat mir von dieser Sonja erzählt, bevor er auf die Insel gereist ist«, antwortete Schröder. »Sergej kannte sie nur aus dem Internet. Eigentlich hatte er genug von den Frauen, nachdem Nicole mit ihm Schluss gemacht hat. Aber er wollte so gern eine neue Freundin haben, und Sonja Tiekamp muss ihm völlig den Kopf verdreht haben.«

»Also kannten Sie ihren vollen Namen?«, vergewisserte Antje sich.

Schröder schüttelte den Kopf und erklärte: »Nein, sie gab immer nur ihren Vornamen preis. Aber ich bin nicht dämlich. Sergej hatte mir Fotos von ihr gezeigt. Auf einem davon steht sie hinter dem Verkaufstresen in einem Weinladen. Und in Spiegelschrift sind auf dem Schaufenster die Worte ›Juist Wein Kontor‹ zu lesen. Da wusste ich, wo ich sie suchen musste.« Er machte eine kurze Pause und fügte hinzu: »Den Ehering an ihrem Finger habe ich ebenfalls bemerkt.«

»Wie ging Ihr Bruder damit um, dass seine Angebetete verheiratet war?«, wollte Roland wissen.

Die Antwort lautete: »Er verschloss die Augen vor der Wirklichkeit. So war Sergej, er sah nur das, was er sehen wollte. Ich hatte von Anfang an ein schlechtes Gefühl bei dieser Frau. Er hatte noch nie mit ihr gesprochen – und trotzdem reiste er nach Juist und mietete sich ein Ferienhaus, nur weil sie ihn darum bat! Dabei hatte Sergej keinen Urlaub, sondern war krankgeschrieben. Wahrscheinlich wäre er auch mit vierzig Grad Fieber nach Juist gefahren, er hatte nur noch Sonja im Kopf.«

»Also wollten Sie sich vergewissern, ob es Ihrem Bruder gut geht?«, fragte Antje.

»Richtig.«

»Zu dem Zweck hätten Sie aber keine Pistole mitnehmen müssen.«

Schröder räumte ein: »Ja, das stimmt. Ich hatte die Waffe zur Sicherheit bei mir. Ich wusste ja, dass diese falsche Schlange verheiratet war, auch wenn Sergej vor dieser

Tatsache die Augen verschloss. Vielleicht war der Ehemann gewalttätig, zumindest musste ich damit rechnen. – Als ich auf Juist ankam, fragte ich mich zu dem Weinladen durch. Ich vermutete, dass Sonja dort arbeiten würde.«

»Was geschah dann?«, warf Roland ein.

Der Kidnapper fuhr fort: »Ich hatte Glück, denn Sonja war allein im Laden. Keine anderen Kunden, und auch von ihrem Ehemann war nichts zu sehen. Doch als sie mich erblickte, war sie sichtlich schockiert. So hässlich bin ich nicht, für ihre Reaktion konnte es nur eine Erklärung geben.«

»Die Familienähnlichkeit mit Sergej ist nicht zu übersehen«, meinte Antje. »Sie wird gleich erkannt haben, dass Sie ein naher Verwandter ihres Geliebten sind.«

»Das denke ich auch«, sagte Schröder. »Sie rannte nach hinten, vielleicht wollte sie sich im anderen Raum einschließen. Aber bevor sie es schaffte, setzte ich ihr nach und hielt ihr meine Pistole unter die Nase. Ich fragte nach Sergej. Sie behauptete, nichts über ihn zu wissen. Doch ich erkenne eine Lügnerin, wenn ich sie vor mir habe. ›Lebt er noch?‹ – Das wollte ich von ihr wissen. Sie sagte nichts, aber an ihrem Blick erkannte ich, dass mein Bruder sterben musste. Ich fesselte und knebelte die falsche Schlange, weil ich Zeit zum Nachdenken brauchte. Doch plötzlich kamen Sie herein, und nun bin ich hier gelandet.«

»Ich bedaure Ihren Verlust, aber Sie werden sich für Ihre eigenen Taten verantworten müssen«, stellte Antje klar. »Sie fragten mich im Weinladen, ob ich ein Geständnis dabeihätte. Warum denken Sie, dass Sonja Tiekamp Ihren Bruder getötet hat?«

Schröder zuckte mit den Schultern: »Wer außer ihr oder ihrem Ehemann sollte es getan haben? Sergej kannte keine Menschenseele auf dieser Insel. Außerdem ist Sonja ein Luder, das sieht man doch auf den ersten Blick.«

Antje ging nicht auf die Bemerkung ein. Sie sagte: »Wir dulden auf Juist keine Selbstjustiz. Sonja Tiekamp wird sich vor einem ordentlichen Gericht für das verantworten müssen, was sie getan hat.«

»Dann verhaften Sie also dieses Biest?«

»Ja, Herr Schröder. Und Sie werden morgen aufs Festland überstellt, wo ein Richter über die Verhängung von Untersuchungshaft befinden wird.«

Kapitel 18

Es war schon spät, aber die Polizisten wollten die Weinhändlerin nicht noch eine Nacht lang auf freiem Fuß lassen. Sobald Sonja Tiekamp erfuhr, dass ihr Lügengebilde zerplatzt war, würde sie die Flucht ergreifen. Das vermuteten zumindest die beiden Inselpolizisten. Als sie das Wachlokal verlassen wollten, klingelte das Telefon. Antje nahm das Gespräch an und begann zu lächeln.

»Das ist eine gute Nachricht! Herzlichen Dank und bis bald.«

Sie legte den Hörer wieder auf.

»Wer war denn am Apparat?«

»Jemand, der uns noch ein Puzzleteil geliefert hat, mein Bester.«

»Warum lässt du mich im Unklaren?«, beklagte Roland sich.

Sie kniff ihm spielerisch in die Wange und erwiderte: »Wir Frauen haben eben gern unsere kleinen Geheimnisse. – Los, wir knöpfen uns jetzt diese saubere Dame vor!«

Das ließ sich der Kommissar nicht zweimal sagen. Bevor die beiden zum *Juist Wein Kontor* gingen, machten sie noch einen Abstecher zum *Hotel Teeklipper*. Dort bekamen sie eine weitere wichtige Information, mit der sie das Bild vom Tathergang abrunden konnten.

Die Straßenbeleuchtung war bereits eingeschaltet, als die Polizisten wenig später den Weinladen betraten. In der Dunkelheit kamen die dezent angeleuchteten Produkte besonders gut zur Geltung. Es war ein schönes Geschäft, nur würde Tiekamp es in Zukunft allein führen müssen. Das Glöckchen an der Tür bimmelte, als Antje und Roland eintraten. Die Verdächtige kam aus dem Hinterzimmer nach vorn und setzte ein unverbindliches Lächeln auf. Doch ihr

Blick bewies, dass sie vom neuerlichen Erscheinen der Kommissare gar nicht begeistert war.

»Ich möchte Ihnen beiden gern eine besonders gute Flasche Wein schenken, aber als Beamte dürfen Sie gewiss solche Präsente nicht entgegennehmen«, sagte sie.

Antje erwiderte: »Deshalb sind wir ohnehin nicht gekommen, Frau Tiekamp. – Ich verhafte Sie wegen des Verdachts des Mordes an Sergej Schröder. Sie haben das Recht zu schweigen, müssen sich nicht selbst belasten und können einen Strafverteidiger hinzuziehen.«

Es war, als ob Sonja Tiekamps Gesichtszüge eingefroren wären. Sie schien mit dem Lächeln nicht aufhören zu können. Ob sie die Worte der Kommissarin nicht begriffen hatte? Nach einer kleinen Pause sagte sie: »Das kann doch nur ein schlechter Scherz sein, Frau Fedder. Ich bin hier das Opfer!«

Antje erwiderte: »Ja – aber nur, was die Freiheitsberaubung angeht. Igor Schröder hat bereits gestanden, er wird sich dafür verantworten müssen. Uns geht es jetzt um den Tod seines Bruders. – Schließen Sie bitte die Tür ab, damit Sie uns zur Wache begleiten können.«

»Ich wollte sowieso gerade Feierabend machen«, behauptete die Weinhändlerin. »Dieses Missverständnis können wir hoffentlich schnell aus der Welt räumen.«

Ein letztes Mal versuchte Sonja Tiekamp, sich als Unschuldslamm zu präsentieren. Antje musste sich selbstkritisch eingestehen, dass sie ohne Kenntnis aller Fakten vielleicht sogar darauf hereingefallen wäre. Aber nun lagen die Dinge ganz anders.

»Haben Sie etwas dagegen, wenn wir das Verhör aufzeichnen?«, fragte Roland, nachdem sie die Polizeistation betreten hatten.

Die Weinhändlerin setzte sich auf Antjes Besucherstuhl und schlug ihre Beine übereinander.

»Nein, das ist in Ordnung. Ich will so schnell wie möglich beweisen, dass ich mir nichts habe zuschulden kommen lassen.«

»Daran habe ich meine Zweifel«, meinte Antje. »Ihr Komplize Jannis Dekker ist bereits geständig.«

Sonja Tiekamps Kinnlade klappte buchstäblich herunter. Damit hatte sie offenbar nicht gerechnet. Es dauerte einen Augenblick, bis sie ihre Sprache wiederfand.

»Ich weiß nicht, wer das sein soll.«

»Lassen Sie den Unsinn«, forderte Roland. Er fuhr fort: »Wir haben gerade eben noch mit Ihrer zweiten Komplizin gesprochen – wobei diese Frau sicher nichts von Ihren finsteren Absichten ahnte. Ich rede von Thea Lüders. Das ist die Rezeptionistin aus dem *Hotel Teeklipper*. Sie haben ihr entlockt, welches Zimmer ihr Ehemann bewohnt. Die Türschlösser in diesem Traditionshaus stellen nicht wirklich ein Hindernis dar. Und wer würde schon in ein Zimmer einbrechen, um viertausend Euro in den dortigen Safe *hineinzulegen*?«

»Ich verstehe kein Wort!«, behauptete die Weinhändlerin. Doch ihre Miene zeigte, dass der Kommissar mit seinen Vermutungen den Nagel auf den Kopf getroffen hatte.

»War Sergej Schröders Tod von Anfang an geplant? Oder drohte er, Ihre Pläne zu durchkreuzen?«, wollte Antje wissen.

Sonja Tiekamp würdigte sie keiner Antwort. Stattdessen wich die Verdächtige den Blicken der Kommissare aus und starrte aus dem Fenster.

Die Polizistin sagte: »Sie möchten nicht reden? Gut, dann werde ich Ihnen sagen, wie die Ereignisse ihren Lauf genommen haben. – Sie begannen, im Internet mit Sergej Schröder zu flirten. Sie entsprechen seinem Beuteschema, Ihre Ähnlichkeit mit seiner Ex-Freundin ist augenfällig. Ich glaube, dass Sergej nicht viel Erfahrung mit Frauen hatte.

Jedenfalls gelang es Ihnen, diesen Mann um den Finger zu wickeln. Er reiste wegen Ihnen nach Juist, obwohl er Sie eigentlich gar nicht kannte.«

»Er war bis über beide Ohren in mich verschossen«, erwiderte die Weinhändlerin mit einem bösen kleinen Lächeln auf den Lippen.

Ob ihr bewusst war, dass sie durch diese Aussage die Version ihres Ehemanns bestätigt hatte? Für Antje stand jetzt schon fest, dass Sonja Tiekamp verloren hatte. Die Kommissarin fuhr fort: »Ihr Gatte behauptete, dass er Sie verfolgt hätte und Sie zusammen mit Ihrem Liebhaber auf dem Sofa im Ferienhaus sah. Diese Aussage haben Sie später unglaubwürdig gemacht, indem Sie mit Dekkers Hilfe die Möbel umstellten. Das war schon sehr clever von Ihnen.«

»Sie sind zu gütig!«, höhnte die Verdächtige.

»Aber letztlich hat es Ihnen doch nichts genutzt«, stellte Roland trocken fest. Sonja Tiekamp warf ihm einen giftigen Blick zu.

»Ein Punkt ist mir nach wie vor unklar«, gestand Antje. »Sollte Sergej ursprünglich Ihren Ehemann töten oder erstachen Sie Ihren Liebhaber spontan, um die Tat dann Ihrem Gatten in die Schuhe zu schieben? Herr Tiekamp sagte aus, dass Sie und Sergej auf dem Sofa über die Mordpläne geredet hätten.«

Sonja Tiekamp antwortete nicht sofort. Nach einer Weile öffnete sie dann doch den Mund: »Ich hatte schon lange davon geträumt, einen Weinladen auf einer schönen ostfriesischen Insel zu besitzen. Diesen Wunsch erfüllte Bernd mir – nur leider war das Leben an seiner Seite sterbenslangweilig. Vielleicht lag es an dem Altersunterschied, ich weiß es nicht. Ich begann, im Internet nach Männern Ausschau zu halten. Irgendwann stieß ich auf Sergej. Er öffnete mir sofort sein Herz, beichtete mir sogar seine Vorstrafe.«

»Kamen Sie dadurch auf die Idee, dass er auch vor einem Mord nicht zurückschrecken würde?«

»Ich weiß es nicht«, behauptete die Täterin. »Fest steht, dass Sergej mir folgte wie ein treues Hündchen. Er tat, was ich ihm sagte. Jedenfalls glaubte ich das bis zu dieser Nacht, in der er starb.«

»Erzählen Sie uns davon«, forderte die Kommissarin.

»Das fällt mir nicht leicht, Frau Fedder. Ich bemerkte übrigens, dass mein Mann uns durchs Fenster beobachtete. Er musste also von unseren Mordplänen Wind bekommen haben. Ich hatte Angst, dass er gleich zur Polizei rennen würde. Sergej schlug einen Spaziergang vor, um mich zu beruhigen. Wir gingen bis zum Hammersee, wo er plötzlich anhielt und zudringlich wurde. Wir hatten zuvor schon miteinander geschlafen, aber in diesem Moment wollte ich nicht. Darauf nahm er keine Rücksicht. Plötzlich zog er dieses Bajonett und hielt es mir an die Kehle. Wir kämpften, und ich erstach ihn versehentlich. Es war im Grunde ein Unfall. An seinem Tod war nichts mehr zu ändern. Da kam mir die Idee, ihn als einen Kredithai auszugeben, der meinen Mann erpresst hatte. Ich musste einfach nur von einem anderen Telefon aus eine Drohung als Textnachricht an ihn schicken. Wegen der Möbel im Ferienhaus war mir Dekker behilflich, das haben Sie richtig erkannt. Und die viertausend Euro habe ich ebenfalls in dem Hotelsafe deponiert, das gebe ich zu.«

»Und dass Sie einen Unschuldigen wegen Mordes hinter Gitter bringen wollten, hat Sie nicht gestört?«, stieß Roland aufgebracht hervor.

Darauf erwiderte Sonja Tiekamp nichts.

»Das Bajonett gehörte also Sergej?«, vergewisserte Antje sich.

»Ja.«

»Dies dürfte Ihre letzte Lüge gewesen sein, Frau Tiekamp«, sagte die Polizistin kalt. »Wir bekamen vorhin einen Anruf von unseren niederländischen Kollegen. Sie haben einen Flohmarkthändler gefunden. Er hat einer Frau ein Mannlicher Bajonett verkauft, die Ihnen zum Verwechseln ähnlich sieht. Also war es *Ihre* Waffe, mit der Sergej getötet wurde!«

»Ach, wirklich? Und was ändert sich dadurch, Frau Fedder?«

»Eine ganze Menge. Sie behaupten, dass Sie nach Sergejs Tod den Einfall mit der Kredithaigeschichte hatten. Aber in Wirklichkeit sagt der Zeitstempel dieser Textnachricht, dass diese schon Stunden *vor* dem Mord an Ihrem Liebhaber abgeschickt wurde. Sie planten von vornherein, Sergej zu beseitigen und die Tat Ihrem Ehemann anzulasten. Wahrscheinlich hat der junge Mann Sie gar nicht belästigt.«

»Also gut, ich gebe es zu!«, stieß Sonja Tiekamp hervor. »Bernd war ein Langweiler, aber Sergej erwies sich als eine wahre Klette. Den wäre ich doch nie wieder losgeworden! Das wurde mir schon bei unserer ersten Begegnung bewusst. Ich hatte das Bajonett einige Zeit früher bei einem Ausflug nach Holland besorgt. Bei unserem Spaziergang kriegte Sergej nämlich kalte Füße und behauptete, niemals einen Mord begehen zu können. Er war also außerdem ein lästiger Mitwisser. Mir blieb gar nichts anderes übrig, als ihn zu beseitigen. Und Bernd? Ich hatte natürlich mitbekommen, dass diese Kundin Verena Jasper ihm schöne Augen macht. Eine Frau spürt so etwas. Am Ende hätte er mich vielleicht noch für sie verlassen. Ich musste also schnell handeln. Nachdem ich zugestochen hatte, schob ich die Bajonettscheide in Sergejs Hosenbund und lief davon.«

Die Polizisten wussten nun, was sich wirklich ereignet hatte. Die Mörderin war schon zuvor von Antje nach Waffen und gefährlichen Gegenständen durchsucht worden. Daher konnte die Weinhändlerin nun sofort eingesperrt werden. Die kleine Wache verfügte nur über zwei Arrestzellen. Aber eine davon wurde ja nun frei. Tiekamp war verblüfft, als Roland ihn freiließ und Antje stattdessen seine Ehefrau in den Haftraum schob.

»Sonja! Was … soll das bedeuten?«

»Wundern Sie sich wirklich über diese Entwicklung?«, fragte die Kommissarin. »Sie haben doch Ihre Gattin selbst angezeigt.«

»Nur mit dem Unterschied, dass Ihre Frau nicht Sie, sondern Sergej Schröder getötet hat«, ergänzte Roland. »Uns liegt ein Geständnis vor.«

Der Weinhändler starrte ihn an, als ob er einen Geist sehen würde. Dann taumelte Tiekamp wortlos aus der Polizeistation. Er war offensichtlich geschockt. Doch Antje zweifelte nicht daran, dass er in den Armen von Verena Jasper Trost finden würde.

»Was für ein Fall!«, gab die Polizistin seufzend von sich, als sie und ihr Kollege wieder im Wachlokal unter sich waren. »Sonja Tiekamp wurde gleich unruhig, als ich zum ersten Mal das *Juist Wein Kontor* betrat. Da hätte ich mir allerdings noch nicht träumen lassen, dass eine Mörderin vor mir steht.«

»Unser Beruf wartet eben immer wieder mit Überraschungen auf, Antje. Und die nächste Herausforderung steht uns schon bald bevor.«

»Du meinst das Abendessen mit der Bürgermeisterin und meinem Vater?«, fragte sie seufzend.

Roland versicherte: »Gemeinsam schaffen wir das schon.«

Er unterstrich seine Worte, indem er seine Freundin in den Arm nahm und ihr einen Kuss gab.

ENDE

136

Ostfrieslandkrimi-Empfehlungen
des Klarant Verlages

Lernen Sie auch die anderen Bücher der Ostfrieslandkrimi-Serie »**Witte und Fedder ermitteln**« von **Sina Jorritsma** kennen:

Die Kommissarin Antje Fedder ist ein waschechtes Juister Inselkind. Sie kennt ihr Heimat-Eiland wie ihre Westentasche. Als zurückhaltende Norddeutsche hat sie anfangs so ihre Probleme mit der charmanten und unbeschwerten Art ihres zugezogenen Kollegen Roland Witte. Doch Gegensätze ziehen sich bekanntlich an, und die beiden Polizisten lösen auf der kleinen Insel auch die kniffligsten Krimirätsel. Auch Antjes Vater Tjark Fedder steht ihnen mit Rat und Tat zur Seite, denn der Gastwirt schnappt viele Informationen auf. Nur die übereifrige Bürgermeisterin Silke Meester erschwert den Ermittlern oft die Arbeit.

In der Serie sind bereits folgende Ostfrieslandkrimis erschienen:

»Juister Herzen«, Band 1
Taschenbuch-ISBN: 978-3-95573-911-9
eBook-ISBN: 978-3-95573-912-6

Ein mysteriöser Todesfall versetzt die ostfriesische Insel Juist in Aufruhr. Im Bett einer Ferienwohnung liegt die Leiche einer jungen Frau. Doch weder sind äußere Verletzungen erkennbar, noch wohnte Diana Schröder in der Unterkunft, in der sie allem Anschein nach starb. Die Inselkommissare Antje Fedder und Roland Witte nehmen die Ermittlungen auf, und schnell finden sie heraus: Die Ferienwohnung wird von einer Selbsthilfegruppe gemietet, deren Mitglieder ihre große Liebe verloren haben. Juister Herzen nennt sich die Veranstaltung auf der idyllischen Nordseeinsel, die helfen soll, verletzte Seelen wieder zu heilen. Aber wie kam Diana überhaupt in dieses Bett? Und weshalb trug sie eine Pistole bei sich? Ins Visier der Ermittlungen gerät Clemens Vogt, der Leiter der Selbsthilfegruppe. Die Inselkommissare bezweifeln seine guten Absichten und stoßen schließlich doch auf eine überraschende Verbindung zwischen den Juister Herzen und der Toten ...

»Juister Düfte«, Band 2
Taschenbuch-ISBN: 978-3-95573-957-7
eBook-ISBN: 978-3-95573-958-4

»Juister Reiter«, Band 3
Taschenbuch-ISBN: 978-3-96586-027-8
eBook-ISBN: 978-3-96586-028-5

»Juister Taucher«, Band 4
Taschenbuch-ISBN: 978-3-96586-088-9
eBook-ISBN: 978-3-96586-089-6

»Juister Düne«, Band 5
Taschenbuch-ISBN: 978-3-96586-126-8
eBook-ISBN: 978-3-96586-127-5

»Juister Hochzeit«, Band 6
Taschenbuch-ISBN: 978-3-96586-176-3
eBook-ISBN: 978-3-96586-177-0

»Juister Lüge«, Band 7
Taschenbuch-ISBN: 978-3-96586-217-3
eBook-ISBN: 978-3-96586-218-0

»Juister Perlen«, Band 8
Taschenbuch-ISBN: 978-3-96586-267-8
eBook-ISBN: 978-3-96586-268-5

»Juister Zeuge«, Band 9
Taschenbuch-ISBN: 978-3-96586-307-1
eBook-ISBN: 978-3-96586-308-8

»Juister Clown«, Band 10
Taschenbuch-ISBN: 978-3-96586-358-3
eBook-ISBN: 978-3-96586-359-0

»Juister Chor«, Band 11
Taschenbuch-ISBN: 978-3-96586-434-4
eBook-ISBN: 978-3-96586-435-1

»Juister Party«, Band 12
Taschenbuch-ISBN: 978-3-96586-471-9
eBook-ISBN: 978-3-96586-472-6

»Juister Wein«, Band 13
Taschenbuch-ISBN: 978-3-96586-522-8
eBook-ISBN: 978-3-96586-523-5

Klarant Verlag

Lernen Sie die Ostfrieslandkrimi-Titel des Klarant Verlages kennen und besuchen Sie uns im Internet unter:

www.ostfrieslandkrimi.de

und

www.klarant.de

Sie können dort Näheres über unsere Autorinnen und Autoren erfahren, viele weitere interessante Bücher und eBooks finden und Leseproben herunterladen. Mit dem kostenlosen Newsletter auf

www.ostfrieslandkrimi-lesen.de

erhalten Sie aktuelle Informationen rund um das Verlagsprogramm, wie beispielsweise spannende Neuerscheinungen und Gewinnspiele.